Carlos Fuentes
Verbrannntes Wasser

Carlos Fuentes

Verbrannntes Wasser

Vier Erzählungen

Aus dem
mexikanischen Spanisch übertragen
von
Maria Bamberg

Deutsche Verlags-Anstalt
Stuttgart

Titel der mexikanischen Originalausgabe:
Agua quemada. Cuarteto narrativo

CIP-Kurztitelaufnahme der Deutschen Bibliothek

Fuentes, Carlos:
Verbranntes Wasser : Vier Erzählungen / Carlos Fuentes.
Aus d. mexikan. Span. übertr. von Maria Bamberg.
2., unveränderte Auflage
Stuttgart : Deutsche Verlags-Anstalt, 1988
Einheitssachtitel: Agua quemada ⟨dt.⟩
ISBN 3-421-06363-X

Lektorat: Jens Jessen
Gesamtherstellung: F. Pustet, Regensburg
Printed in Germany

Ist dies nun die Landschaft in klarem Licht?
Was habt ihr denn gemacht aus meinem hohen
Tal der Träume?

Alfonso Reyes, Palinodio del polvo

Zerbrochen die Zeichen
zerschellt das atl tlachinolli
verbrannte Wasser

Octavio Paz, Vuelta

Inhalt

1

Muttertag

Für
Teodore Cesarman

Jeden Morgen rührt sich der Großvater energisch seine Tasse Pulverkaffee zusammen. Er umklammert den Löffel, wie früher die selige Großmama Clotilde die Kaffeemühle oder wie er selber, der General Vicente Vergara, den Knauf des Sattels umklammerte, der an einer Wand in seinem Schlafzimmer hängt. Dann entkorkt er die Flasche mit Tequila und läßt die Tasse halbvoll gluckern. Tequila und Nescafé vermischen, das tut er nicht. Der Alkohol soll sich von alleine setzen. Er schaut die Flasche Tequila an und muß daran denken, wie rot das vergossene Blut war, wie klar die Flüssigkeit, die es zum Wallen brachte und zu den großen Schlachten entflammte, zu Chihuahua und Torreón, zu Celaya und Paso de Gavilanes, als die Männer noch Männer waren, als zwischen Trinkseligkeit und Kampfesmut zu unterscheiden unmöglich war, jawohl, wo sollte sich da wohl die Furcht einschleichen, wo doch die Lust der Kampf war und der Kampf die Lust?

Fast hätte er all das laut gesagt, zwischen zwei Schlukken seines Käffchens mit Schuß. Heutzutage verstand ja keiner mehr, ihm seinen Kaffee im Topf zu kochen, der dann nach Ton und Kandis schmeckte, wirklich, keiner mehr, nicht mal das Dienerehepaar, das man sich aus der Zuckerfabrik in Morelos geholt hatte. Sogar die tranken Nescafé; der war in der Schweiz erfunden worden, dem reinlichsten und ordentlichsten Land der Welt. Der General Vergara hatte eine Vision von Schneebergen und Kühen mit Glocken, aber das sagte er nicht laut, denn er hatte sich noch nicht sein Gebiß eingesetzt, das schlummerte vor ihm auf dem Grund eines Wasserglases. Es war seine Lieblingsstunde: friedliche Stille, Träumerei, Erinnerungen und Phantasien, die ihm niemand abspenstig machen konnte. Komisch, seufzte er, so lange gelebt zu haben, und da kam nun die Erinnerung wie eine freundliche Lüge zu ihm zurück. Er dachte immer noch an die Jahre der Revolution und an die Schlachten, die das moderne Mexiko geschmiedet hatten. Und dann spie er den Mundvoll Flüssigkeit aus, die er über seine flinke Zunge und das verhornte Zahnfleisch hatte gleiten lassen.

Später an jenem Morgen sah ich meinen Großvater von weitem, als er wie immer durch die marmorgefliesten Gänge schlurfte und sich mit einem Schnupftuch die ewig schlierigen Augen und die ungewollten Tränen aus den Augen wischte, die von der Farbe der Maguey-Agave waren. Ich sah ihn so von weitem an, er war wie eine Wüstenpflanze, nur daß er sich bewegte. Grün, zäh, ausgedörrt wie die Ebenen im Norden, ein alter, hinterhältiger Kaktus, dem man nicht ansah, was an dürftigem Regen aus dem einen oder anderen Sommer in seinem Innern verblieben war und dort gärte; aus den Augen sickerte er ihm, aber nicht genug, um die weißen Strähnen auf dem Schädel zu netzen, die wie tote Maisbarten aussahen. Auf den Fotos, zu Pferde, war er eine stattliche Erscheinung. Wenn er müßig und greisenhaft über die Marmorfliesen in dem großen Haus auf dem Pedregal schlurfte, war er winzig, verschrumpelt, nur Knochen und Haut, die am Skelett festklebte, um nicht abzufallen: ein sehniger kleiner Greis, der vor Alter knarrte. Aber sich beugen, nein, das nicht, da sollte mal einer kommen.

Wieder stieg das Unbehagen in mir hoch wie jeden

Morgen, ein Gefühl wie das von einer in die Enge getriebenen Maus, wenn ich den General Vergara ziellos durch Salons, Hallen und Gänge irren sah, die zu dieser Stunde nach Seife und Scheuerbürste rochen, nachdem Nicomedes und Engracia sie auf Knien geschrubbt hatten. Das Dienerehepaar weigerte sich, elektrische Geräte zu benutzen. Sie sagten nein, sehr würdevoll und bescheiden, aber unüberhörbar. Der Großvater gab ihnen recht; er mochte den Geruch nach Scheuerbürste und Seife, und darum scheuerten Nicomedes und Engracia jeden Morgen Meter um Meter Marmor aus Zacatecas – der Licenciado Augustin Vergara, mein Vater, behauptete zwar, er habe ihn aus Carrara importiert, aber pschscht, daß das niemand erfährt, es ist verboten, und ich krieg sonst eine Zollstrafe aufgebrummt, nicht mal Gesellschaften kann man mehr geben, du erscheinst in Farbe in den Zeitungen, und schon bist du dran, du darfst dir nichts gönnen und mußt dich sogar noch schämen dafür, daß du dein ganzes Leben hart gearbeitet hast, um den Deinen alles zu geben, was ...

Ich rannte aus dem Haus und zog mir meine Parka an. In der Garage setzte ich mich in den roten Thunderbird, ließ ihn an, das Garagentor hob sich automatisch beim Summen des Motors, und ich startete blindlings. Irgendetwas, eine Spur von Umsicht, warnte mich, Nicomedes könnte sich da irgendwo aufhalten, zwischen der Garage und dem schweren Eingangstor, entweder beim Einrollen des Gartenschlauchs oder beim Schneiden des Kunstrasens zwischen den Steinplatten. Ich stellte mir den Gärtner vor, wie er durch die Luft flog, von dem Anprall des Wagens zerschmettert, und gab Gas. Das Tor aus Zedernholz, die Farbe von den Sommerregen abgeblättert und das Holz gequollen, öffnete sich ächzend, auch von selbst, als der Thunderbird an den beiden elektrischen, in den Felsen eingelassenen Sensoren vorbeifuhr, und dann los:

Die Felgen quietschten, als ich schnell nach rechts schwenkte, ich glaubte, den beschneiten Gipfel des Popocatépetl zu sehen, aber es war nur eine Luftspiegelung, ich trat aufs Gaspedal, kalter Nebel, der Frühnebel des Altiplano stieg hoch und traf auf die Smogschicht, die durch den Ring der Berge und den Druck der kalten Höhenluft niedergehalten wurde.

Ich gab Gas bis zur Einfahrt auf den Stadtring, holte tief Luft, trat durch, aber nun ruhiger, ich brauchte nicht mehr aufzupassen, konnte die ganze Runde fahren: ein, zwei, hundertmal, so oft ich wollte, Tausende von Kilometern, und dabei das Gefühl haben, mich nicht von der Stelle zu bewegen, immer am Ausgangspunkt zu stehen und zugleich am Ziel, der gleiche Betonhorizont, die gleichen Reklamen für Bier, elektrische Staubsauger, die Nicomedes und Engracia haßten, Seifen, Fernseher, die gleichen geduckten grünen Häuschen mit Gittern vor den Fenstern, die gleichen Rolläden, die gleichen Eisenwarengeschäfte, Werkstätten, Gemischtwarenläden mit dem Kühlschrank voll Eis und Sprudelflaschen am Eingang, die Wellblechdächer, hier und da die Kuppel einer Kirche aus der Kolonialzeit, aus Hunderten von Wassertanks aufragend, eine lächelnde Starbesetzung erfolgreicher, rosiger, frischgestrichener Herrschaften: *Santa Claus, Das Große Blonde,* der kleine weiße *Coca-Cola*-Zwerg mit seiner Kronenkorkenkrone, *Donald Duck,* und darunter die tausend Statisten, die Verkäufer von Luftballons, Kaugummis, Lotterielosen, junge Burschen in T-Shirts und kurzärmeligen Hemden, die die Musikboxen belagerten, kauend, rauchend, Witze reißend, die Lastwagen mit Baumaterial, die Armadas von Volkswagen, der Unfall an der Ausfahrt Fray Servando, Polizisten auf Motorrädern, Tamarinden, Schmiergeld, Hupkonzert, Fluchen, wiederum freie Fahrt wie vorher, die zweite Runde, die gleiche Strecke, die Wassertanks, Plutarco, die Lastwagen mit Gasflaschen, mit Milchkannen, Vollbremsung, die Milchkannen knallen auf den Asphalt, rollen, scheppern gegen die Leitplanken, gegen den Thunderbird, eine Milchflut, Plutarcos Schutzscheibe weiß, Plutarco im Nebel, Plutarco geblendet von dem unmäßigen Weiß, dem flüssigen, selber blinden, unsichtbaren, ihn unsichtbar machenden, ein Milchbad, auch das noch, Gemeinheit, Scheißmilch, Plutarco.

Stimmt schon, der Name bietet sich an für Hänseleien, und in der Schule hatten sie mir all das schon an den Kopf geworfen: Wie? Was? Kann doch nicht wahr sein! Noch mal! Und: *Verga, rara y alabío, alabau, alabimbombá, Verga, Verga, ra, ra, ra,* und beim Aufrufen fehlte nie der Komiker mit: Vergara Plutarco, hier, kerzengrade, oder: klitzeklein, oder: schlappschlapp. In der Pause gab's Prügeleien, und als ich anfing, Romane zu lesen, so um die fünfzehn, da entdeckte ich, daß ein italienischer Schriftsteller auch so geheißen hatte, Giovanni und so, aber das würde den Randalierern in der Oberschule nicht imponieren. Ich ging nicht in die Klosterschule, erstens, weil der Großvater meinte, kommt nicht in Frage, wozu hätten sie wohl die Revolution gemacht, und weil mein Papa, der Jurist, sagte, okay, der Alte hätte recht, es liefen genug Pfaffenfresser in der Öffentlichkeit rum, die bei sich zu Hause stockreaktionär wären, da wär's schon besser fürs Image. Aber ich hätte es am liebsten gemacht wie mein Großpapa Don Vicente, als jemand sich mit ihm diesen Scherz erlaubt hatte und er den Spaßvogel kastrieren ließ: Sie sind ja bloß 'n Schlappschwanz, 'n Griffelchen, 'n feiger Ficker, hatte der Gefangene zu ihm gesagt, und der General Vergara: Eier ab, aber hopphopp! Seitdem nannte man ihn General Pulversack – *General Tompiates, cuídate los aguacates, ríete pero no me mates* –, es gab viele ähnliche Verschen, die während des großen Feldzuges von Pancho Villa gegen die Föderalisten im Schwange waren, als Vicente Vergara, damals noch ganz jung und doch schon kampferprobt, unter Villa, dem *nordischen Zentauren*, focht, bevor er sich zu Obregón schlug, als er sah, daß es bei Celaya zu Ende war.

»Ich weiß wohl, was die erzählen, hau dem eine in die Fresse, der dir sagt, daß dein Großvater eine Windfahne war.«

»Aber das hat doch niemand gesagt.«

»Hör zu, Junge: Villa, der aus dem Nichts kam, aus den Bergen von Durango, und ganz allein all die Unzufriedenen sammelte und die Norddivision organisierte, die mit der Diktatur des besoffenen Huerta und seiner Föderalisten aufräumte, das war eine Sache. Aber eine andere war es, als er sich gegen Carranza und die ordentlichen Leute erhob. Er wollte weiter Krieg führen, egal wie, denn er konnte nicht mehr aufhören. Nachdem Obregón ihn bei Celaya geschlagen hatte, ist Villas ganzes Heer auseinandergelaufen, seine Leute sind auf ihre Maisfelder und in ihre Wälder zurückgegangen. Da hat Villa einen nach dem andern aufgesucht, hat sie überredet, man müßte weitermachen, und sie haben gesagt, nein, der General sollte sich doch mal umsehen, sie wären jetzt wieder daheim bei ihren Frauen und Kindern. Und dann hörten die armen Kerls Schüsse, drehten sich um und sahen ihre Häuser in Brand gesteckt, und ihre Familien waren tot. So, jetzt hast du kein Haus mehr, keine Frau und keine Kinder, sagte Villa, da kommst du lieber mit mir mit.«

»Vielleicht liebte er seine Männer sehr, Großvater.«

»Daß mir ja keiner behauptet, ich sei ein Verräter!«

»Das behauptet auch niemand. Das ist längst vergessen.«

Ich dachte an das, was er eben gesagt hatte. Pancho Villa

hatte seine Leute sehr geliebt, er konnte sich nicht vorstellen, daß seine Soldaten diese Liebe nicht erwiderten. In seinem Schlafzimmer bewahrte der General Vergara eine Menge vergilbter Fotos auf, manche bloß Zeitungsausschnitte. Man sah ihn da in Gesellschaft sämtlicher Caudillos der Revolution, denn er war überall mit dabei gewesen und hatte allen der Reihe nach gedient. Wie die Anführer wechselten, so wechselte Vicente Vergaras Uniform. Er überragte die Menge, die Don Panchito Madero fast erdrückte an dem berühmten Tag, als der zierliche, arglose, wunderbare Apostel der Revolution, der den allmächtigen Don Porfirio stürzte, in die Hauptstadt einrückte, mit einem Buch in einem Land von Analphabeten, war das nicht ein Wunder? Und da war das Jüngelchen Chente Vergara mit dabei, mit seinem verknautschten Filzhütchen, noch ohne Streifen, und im Hemd ohne steifen Kragen, einer von den Hungerleidern, er war auf die Reiterstatue von Carlos IV. geklettert, an jenem Tag, als sogar die Erde bebte, so wie damals, als unser Herr Jesus Christus starb, als ob Maderos Vergötterung schon sein Golgatha bedeutete.

»Nach der Liebe zur Jungfrau Maria und dem Haß auf die Gringos eint uns nichts so sehr wie ein heimtückisches Verbrechen, jawohl, und wie ein Mann stand das Volk auf gegen Victoriano Huerta, der Don Panchito Madero hatte ermorden lassen.«

Und danach der Hauptmann der Dorados Vicente Vergara, mit über der Brust gekreuzten Patronengürteln, Strohhut und weißen Leinenhosen, wie er zusammen mit Pancho Villa einen Taco ißt, neben einem aufgebrachten Eisenbahnzug; und dann der Oberst der Konstitutionalisten Vergara, blutjung und proper in Texashut und Khakiuniform, behütet von dem patriarchalisch reservierten Don Venustiano Carranza, dem obersten Anführer der

Revolution. Undurchschaubar sah der aus hinter seiner dunklen Brille und dem Bart, der ihm bis zu den Knöpfen seines Uniformrocks reichte, es war fast ein Familienfoto: ein gerechter, aber strenger Vater und ein respektvoller Sohn auf dem rechten Wege. Das war nicht derselbe Vicente Vergara, der als Oberst unter Obregón sich in Agua Prieta gegen Carranzas Personalismus wandte, entlassen aus der Hut des Vaters, als dieser auf einem Feldbett in Tlaxacalantongo im Schlaf von Kugeln durchsiebt worden war.

»Wie jung sie alle gestorben sind! Madero hat die vierzig nicht erreicht, und Villa war fünfundvierzig, Zapata neununddreißig; sogar Carranza, der so alt aussah, war kaum einundsechzig, der General Obregón achtundvierzig. Ich hab' sie tatsächlich alle überlebt, einfach Glück gehabt, Junge, mein Schicksal wär's doch gewesen, jung zu sterben, einfach Schwein gehabt, daß ich nicht irgendwo da begraben liege, in einem Dorf mit Aasgeiern und Totenblumen, und du wärst gar nicht geboren.«

Und hier der Oberst Vergara zwischen General Alvaro Obregón und dem Philosophen José Vasconcelos, bei einem Essen, der Oberst Vergara mit einem Schnauzbart à la Kaiser, Paradeuniform, dunkel gebräunt, mit hohem Kragen und goldenen Litzen.

»Ein katholischer Fanatiker hat uns unsern General Obregón ermordet, Junge. Ach ja. Bei allen Begräbnissen war ich dabei, alle, die du hier siehst, sie sind alle eines gewaltsamen Todes gestorben, außer Zapata, den haben sie heimlich begraben, damit sie sagen konnten, er sei noch immer am Leben.«

Und das dort war auch noch nicht der General Vicente Vergara, nun in Zivil, im Begriff, Abschied von der Jugend zu nehmen, sehr gepflegt, sehr elegant in seinem hellen Gabardineanzug mit Perle in der Krawatte, sehr ernst, sehr feierlich, denn nur so gab man jenem Mann mit dem Granitgesicht und dem Tigerblick die Hand, dem allerobersten Anführer der Revolution, Plutarco Elías Calles.

»Das war ein Mann, Junge, ein einfacher Schullehrer, der es bis zum Präsidenten gebracht hat. Niemand konnte seinen Blick aushalten, niemand, nicht mal, wer die furchtbare Feuerprobe der vorgetäuschten Erschießungskommandos durchgemacht hatte, wer geglaubt hatte, sein letztes Stündlein sei gekommen, und doch keine Miene verzogen hatte. Da, du als Baby, Plutarco. Dein Pate, Junge. Schau ihn dir an, schau dich nur an, in seinen Armen, schau uns an an dem Tag, als er dich über das Taufbecken gehalten hat, am Tag der nationalen Einheit, als der Herr General Calles aus dem Exil heimkehrte.«

»Warum hat er mich über das Taufbecken gehalten? Hat er die Kirche nicht furchtbar verfolgt?«

»Was hat das damit zu tun? Du mußtest doch einen Namen haben.«

»Aber Großvater, Sie sagen doch auch, daß die Jungfrau uns Mexikaner eint – wie ist das also?«

»Die Guadalupana ist eine revolutionäre Jungfrau, die erscheint ebenso auf Hidalgos Fahnen, während der Befreiungskämpfe, wie auf denen von Zapata, während der Revolution, eben eine Heilige Mutter, die mit uns durch dick und dünn geht.«

»Aber es ist doch Ihretwegen, daß ich nicht die Klosterschule besuche?«

»Die Kirche ist bloß für zwei Dinge da: damit man ordentlich zur Welt kommt und damit man ordentlich stirbt. Ist das klar? Aber von der Wiege bis zum Grabe hat sie sich nicht einzumischen in das, was sie nichts angeht, sie soll weiterhin Babys taufen und für die Seelen beten.«

Wir drei Männer in dem großen Haus auf dem Pedregal

kamen nur zur Hauptmahlzeit zusammen, die immer noch so war, wie mein Großvater, der General, es bestimmte: Klare Suppe, Reis oder Nudeln, aufgebratene Bohnen, *Chilindrinas* und *Champurrado* – Gebäck und Schokoladengetränk. Mein Vater, der Jurist Agustín Vergara, rächte sich für diese rustikalen Mahlzeiten mit langen Diners von drei bis fünf im *Jena* oder im *Rivoli*, wo er sich Filet Diana und Crèpe Suzettes bestellen konnte. Was ihn am meisten bei unsern Mahlzeiten anwiderte, war eine besondere Angewohnheit des Generals. Wenn er fertig gegessen hatte, nahm der Alte sein Gebiß aus dem Mund und ließ es in ein zur Hälfte mit heißem Wasser gefülltes Glas fallen. Dann goß er ein halbes Glas kaltes Wasser zu. Er wartete eine Minute und goß die Hälfte dieses Glases in ein anderes. Zum ersten Glas goß er wieder eine Portion heißes Wasser, goß die Hälfte in ein drittes und füllte das erste mit dem lauwarmen Wasser aus dem zweiten auf. Vor den drei trüben Mischungen sitzend, in denen Stückchen von Gekochtem und Tortilla schwammen, fischte er die Zähne aus dem ersten Glas, spülte sie im zweiten und dritten ab, und wenn sie die gewünschte Temperatur hatten, setzte er sie sich wieder ein und biß kräftig zu, wie man ein Schloß einschappen läßt.

»Fein angewärmt«, sagte er, »Löwenmäulchen, Teufel noch mal.«

»Sie sollten sich was schämen!« sagte heute abend mein Vater, der Jurist Agustín, wischte sich den Mund mit der Serviette und warf sie voller Abscheu auf das Tischtuch.

Ich sah meinen Vater erstaunt an. Sonst hatte er nie etwas gesagt, dabei zelebrierte der Großvater das Ritual mit dem Gebiß schon seit Jahren. Der Akademiker Agustín mußte wohl die Übelkeit unterdrücken, den die geduldige Alchemie des Generals ihm verursachte. Aber ich fand den Großpapa prima.

»Sie sollten sich schämen, das ist ja ekelhaft!« wiederholte der Jurist.

»Oha«, der General sah ihn herablassend an, »seit wann kann ich in meinem eigenen Haus nicht tun, was mir beliebt? In meinem, habe ich gesagt, nicht deinem, Tin, und nicht dem von deinen pinkelfeinen Freunden.«

»Die könnte ich niemals hierher einladen, außer ich versteckte Sie in einem Wandschrank und zöge den Schlüssel ab.«

»Meine Zähne kommen dir hoch, aber meine Pinke nicht, oder?«

»Das ist übel, ganz, ganz übel ...« sagte mein Vater und wiegte den Kopf so melancholisch, wie wir ihn noch nie gesehen hatten. Eigentlich steif war er nicht, nur ein bißchen hochtrabend, trotz seines Leichtsinns. Seine ehrliche Traurigkeit verflog allerdings sofort, und er sah den Großvater mit eisiger Herausforderung und einer ganz leicht spöttischen Grimasse an, die wir nicht begriffen.

Später, im Schlafzimmer des Generals, das so anders war als das übrige Haus, vermieden der Großvater und ich, über all das zu sprechen. Mein Vater, der Licenciado Agustín, hatte die ganze Einrichtung einem Innenarchitekten überlassen, der uns das große Haus mit Chippendale-Möbeln, überdimensionalen Kronleuchtern und falschen Rubens vollstellte, die wie echte bezahlt worden waren. Der General Vergara behauptete, er schere sich einen Dreck darum, und er behielt sich das Recht vor, sein eigenes Zimmer mit den Dingen auszustatten, die er und seine selige Clotilde immer benutzt hatten, als sie in den zwanziger Jahren ihr erstes Haus in der Colonia Roma bauten. Das Bett war aus Messing, und obwohl es in dem Raum einen modernen Wandschrank gab, stellte der General ihn mit einem alten, plumpen Mahagoni-Spiegelschrank zu. Zärtlich sah er seinen alten Schrank an:

»Immer, wenn ich den aufmache, rieche ich noch den Geruch nach der Wäsche von meiner fleißigen Clotilde, fein geplättete Laken, alles fein gestärkt.«

Dieses Zimmer quillt über von Dingen, die kein Mensch mehr benutzt, zum Beispiel eine Waschkommode mit Marmorplatte, eine Waschschüssel aus Porzellan und hohe Wasserkannen. Kupferner Spucknapf und Korbschaukelstuhl. Der General badet immer abends, und heute abend, wo mein Vater sich so merkwürdig benahm, bat er mich, ihm Gesellschaft zu leisten, und wir gingen zusammen ins Badezimmer. Der General trug seine Kanne mit handgemalten Entchen und Blumen und seine Castillo-Seife, denn er haßt parfümierte Seifen mit unaussprechlichen Namen, die heutzutage Mode sind, er meinte, er sei kein Filmstar und auch kein Schwuler. Ich half ihm mit seinem Schlafrock, dem Pyjama und den gefütterten Pantoffeln. Als er in die Wanne mit lauwarmem Wasser gestiegen war, seifte er einen Waschlappen ein und rubbelte sich kräftig ab. Das wäre gut für den Kreislauf, sagte er. Ich meinte, ich hätte ein Duschbad lieber, und er fand, das sei was für Pferde. Dann, ohne daß er mich darum zu bitten brauchte, spülte ich ihn mit dem Wasser aus der Kanne ab, das ich ihm über den Rücken goß.

»Ich hab darüber nachgedacht, Großvater, was Sie mir von Villa und seinen Dorados erzählt haben.«

»Ich auch darüber, was du mir geantwortet hast, Plutarco. Vielleicht ist es so gewesen. Wie nötig brauchen wir manchmal die anderen. Alle sind nach und nach weggestorben. Was tut's, daß neue Leute geboren werden, wenn dir die Freunde wegsterben, mit denen du zusammen gelebt und gekämpft hast, dann bleibst du allein zurück, das ist eben so.«

»Sie erinnern sich an so viele tolle Sachen, und ich hör' Ihnen so gerne zu.«

»Du bist mein kleiner Freund, aber dasselbe ist es doch nicht.«

»Stellen Sie sich mal vor, ich wäre zusammen mit Ihnen in der Revolution gewesen, Großvater. Stellen Sie sich vor, ich ...«

Plötzlich wurde ich verlegen, merkwürdig, und der Alte, der nochmals eingeseift in seinem Badezuber saß, hob fragend die schaumweißen Augenbrauen. Dann packte er meine Hand mit seiner nassen und drückte sie ganz fest, bevor er rasch das Thema wechselte.

»Was ist mit deinem Vater los, Plutarco?«

»Keine Ahnung. Mit mir redet er nie. Das wissen Sie doch, Großvater.«

»Der hat nie Widerworte gehabt. Hat mir beinah gefallen, wie er beim Abendessen protestiert hat.«

Der General lachte und schlug mit der flachen Hand ins Wasser. Er meinte, mein Vater sei immer ein Schlappschwanz gewesen, der hätte immer den Tisch gedeckt gehabt – aus ehrlichen Geschäften, nachdem General Cárdenas den Calles-Leuten die Ehre angetan hätte, sie aus der Regierung an die Luft zu setzen. Während er sich den Kopf wusch, erzählte er, daß er bis dahin von seinem Offizierssold gelebt hätte. Erst unter Cárdenas hätte er keinen mehr bekommen und sich deshalb als Kaufmann betätigen müssen. Die ehemaligen Güter warfen nichts mehr ab. Die Bauern hatten sie verbrannt, bevor sie sich der Revolution anschlossen. Er sagte, Cárdenas hätte das Land aufgeteilt, aber irgendwie hätte man ja produzieren müssen. Die Leute von Agua Prieta hätten sich zusammengetan, um als kleine Grundbesitzer die nicht betroffenen Teile der Latifundien aufzukaufen.

»In Morelos haben wir Zuckerrohr gepflanzt, in Sinaloa Tomaten und in Coahuila Baumwolle. Das Land hatte zu essen und was anzuziehen, solange Cárdenas seine Gemeinschaftsgüter auf Trab brachte, die aber nie richtig liefen, denn was jeder Bauer will, ist ein eigenes Stückchen Land, für sich selber, weißt du. Ich hab' mit den Geschäften angefangen, dein Papa hat nur verwaltet, als ich dann zu alt wurde. Daran soll er mal denken, wenn er gegen mich bockt. Aber ehrlich, Spaß hat's mir gemacht. Vielleicht wächst ihm doch noch das Rückgrat. Was mag dahinter stecken?«

Ich zuckte die Achseln. Weder Geschäfte noch Politik haben mich je interessiert, was gibt's dabei zu wagen? Was heißt da schon Wagnis, verglichen mit dem, was mein Großvater erlebt hatte, was mich wirklich interessierte?

Von den vielen Fotos mit den Caudillos hebt sich das der Großmama Doña Clotilde ab. Sie hat eine Wand für sich ganz allein, und daneben steht ein Tisch mit einer Vase voller Margeriten. Wenn der Großvater fromm wäre, würde er ihr Kerzen hinstellen, glaub' ich. Der Rahmen ist oval und das Foto aus dem Jahre 1915 signiert von dem Fotografen Gutiérrez aus León, Guanajuato. Diese altmodische junge Dame, die meine Großmutter war, sieht aus wie eine Puppe. Der Fotograf hat das Bild koloriert, blaßrosa, und nur die Lippen und die Wangen von Doña Clotilde sind hochrot, in einer Mischung von Schamhaftigkeit und Sinnlichkeit. War sie wirklich so?

»Wie aus'm Film«, sagt der General. »Sie war Waise von Mutters Seite, und ihren Vater ließ Villa erschießen, als Spekulanten. Wo immer er hinkam, annullierte er die Schulden der Armen. Aber das genügte ihm noch nicht. Er ließ die Geldverleiher erschießen, zur Abschreckung. Ich glaub', die einzige Abgeschreckte war meine arme Clotilde. Ich nahm eine kleine Waise auf, die den erstbesten Mann genommen hätte, der ihr anbot, sie zu beschützen. Wie viele Waisenmädchen aus der Gegend endeten als Soldatennutten oder, wenn sie Glück hatten, im Tingeltangel, bloß um zu überleben. Später hat sie dann gelernt, mich sehr liebzuhaben.«

»Haben Sie sie immer geliebt?«

Der Großvater nickte, warm zugedeckt.

»Sie haben ihre Hilflosigkeit nicht ausgenutzt?«

Jetzt warf er mir einen zornigen Blick zu und löschte energisch das Licht. Ich kam mir albern vor, wie ich da im Dunkeln saß und im Korbstuhl schaukelte. Ein Weilchen war nur das Knarren des Schaukelstuhls zu hören. Dann stand ich auf und ging auf Zehenspitzen hinaus, entschlossen, dem General keine gute Nacht zu wünschen. Ein schmerzhaftes, ganz einfaches Bild hielt mich zurück. Ich sah meinen Großvater tot im Bett liegen. Eines Morgens, wieso nicht? wäre er tot, und ich könnte ihm niemals das sagen, was ich wollte, nie wieder. Er würde rasch kalt, und meine Worte auch. Schnell lief ich zurück, umarmte ihn im Dunkeln und sagte:

»Ich hab' Sie sehr lieb, Großvater.«

»Ist gut, mein Jung, ich dich auch.«

»Wissen Sie, ich möchte mein Leben nicht vor einem gedeckten Tisch anfangen, wie Sie sagen.«

»Kommt nicht in Frage. Ist alles auf meinen Namen. Dein Vater verwaltet es nur. Wenn ich sterbe, bekommst du alles.«

»Das will ich aber nicht, Großvater. Großpapa, ich würde gern von vorn anfangen, so wie Sie ...«

»Die Zeiten sind anders, was blieb einem damals anderes übrig?«

Ich lächelte schwach: »Ich hätte gern jemanden kastrieren mögen, so wie Sie ...«

»Wird die Geschichte immer noch erzählt? Nun ja, es stimmt. Bloß hab' ich das nicht allein entschieden, weißt du.«

»Sie haben den Befehl gegeben: Eier ab, hopphopp!«

Der Großvater streichelte mir den Kopf und sagte, das weiß niemand, wie solche Entscheidungen zustande kommen, die trifft niemand allein. Er erinnerte sich an eine Nacht am Lagerfeuer, außerhalb von Gómez Palacio, vor der Schlacht bei Torreón. Der Mann, der ihn beleidigt hatte, war ein Gefangener, außerdem aber auch ein Verräter.

»Er hatte zu uns gehört. Lief zu den Federales über und meldete ihnen, wie viele wir wären, was für Waffen wir hätten. Meine Leute hätten ihn auf jeden Fall umgebracht. Ich hab' ihnen nur vorgegriffen. Es war ihr Wille. Und er wurde zu meinem. Mit seiner Beleidigung gab er mir die Gelegenheit. Jetzt wird diese Geschichte ausgeschmückt, na, das war ein toller Kerl, der General Vergara, ein richtiger General Pulversack, jawohl. Ach wo. So einfach war das nicht. Sie hätten ihn auf jeden Fall umgebracht, und mit Recht, er war ja ein Verräter. Aber er war auch Kriegsgefangener. Das hat was mit der Soldatenehre zu tun, wie ich sie verstehe, Junge. So nichtswürdig der Kerl auch war, jetzt war er Kriegsgefangener. Ich hab' meine Leute davor bewahrt, ihn umzubringen. Ich glaube, das hätte sie entehrt. Ich konnte sie nicht bremsen. Ich glaube, das hätte mich entehrt. Meine Entscheidung war die allgemeine, und die allgemeine wurde zu meiner. So geht das. Du kannst nicht mehr feststellen, wo dein Wille anfängt und wo der deiner Leute.«

»Ich bin zurückgekommen, um Ihnen zu sagen, ich wäre gern zur gleichen Zeit wie Sie geboren, damit ich immer bei Ihnen hätte sein können.«

»Es war kein hübsches Schauspiel, oh nein. Der Mann, der sich da bis zum Morgengrauen im Staub der Wüste verblutete. Und dann fraß ihn die Sonne, und die Geier hielten Totenwache. Und wir zogen ab und wußten insgeheim, daß das, was wir getan hatten, von uns allen getan worden war. Hätten dagegen sie es getan und nicht ich, dann wäre ich nicht ihr Führer gewesen, und sie wären nicht mit ruhigem Gewissen in den Kampf gegangen. Es gibt nichts Schlimmeres, als einen armen Kerl allein umzubringen, dem du in die Augen siehst, anstatt eine Menge Kerle ohne Gesicht zu töten, die dich nie angesehen haben. So ist das.«

»Und doch, wie gerne, Großvater ...«

»Mach dir nichts vor. So eine Revolution gibt's nie wieder in Mexiko. Das kommt bloß einmal vor.«

»Und ich, Großvater?«

»Mein lieber guter Bengel, drück mich mal fest, mein Jung, ich kann das verstehen, und ob ich das verstehe ... Schön wär's, wenn ich wieder jung wäre, und du kämst mit mir mit! Was würden wir alles zusammen aufstellen, Plutarco, du und ich zusammen, Himmeldonnerwetter!«

Mit meinem Vater, dem Juristen, sprach ich selten. Ich erwähnte schon, daß wir drei nur zur Hauptmahlzeit zusammenkamen, und da führte der General das große Wort. Mein Vater rief mich ab und zu in sein Büro, fragte mich, wie es mit der Schule ginge, was für Noten ich hätte, was ich werden wollte. Hätte ich ihm gestanden, ich wüßte es nicht, ich läse nur Romane, ich lernte gern fremde Welten kennen, das Sibirien von Michael Strogoff, das Frankreich von d'Artagnan, es interessierte mich wesentlich mehr, von dem etwas zu erfahren, was nie sein würde, als was ich werden wollte, dann hätte mich mein Vater nicht einmal enttäuscht getadelt. Er hätte mich schlicht und einfach nicht verstanden. Ich kannte seinen verdutzten Blick gut, wenn von irgendetwas die Rede war, was seiner Intelligenz total entging. Mich schmerzte das viel mehr als ihn.

»Ich werde Jura studieren, Papa.«

»Sehr gut, sehr richtig. Aber dann spezialisiere dich auf

Management. Würdest du gern auf die Harvard Business School gehen? Reinzukommen ist schwierig, aber ich kann da einiges tun.«

Ich tat, als ob ich zuhörte, und sah mir derweil die Bände in der Bibliothek an, alle gleich rot gebunden. Gänzlich uninteressant, außer der gesammelten Ausgabe des *Diario oficial,* des Bundesanzeigers, der immer mit den Genehmigungen anfängt, wer ausländische Orden tragen darf. Den Orden der Himmlischen Sterne von China, den des Befreiers Simón Bolívar, der Französischen Ehrenlegion. Nur wenn mein Vater nicht da ist, wage ich mich klammheimlich in sein mit Teppichen ausgelegtes, holzgetäfeltes Schlafzimmer. Da gibt es keinerlei Andenken, nicht einmal ein Foto meiner Mutter. Sie starb, als ich fünf Jahre alt war, ich erinnere mich nicht an sie. Einmal im Jahr, am 10. Mai, gehen wir drei auf den Französischen Friedhof, wo meine Großmutter Clotilde und meine Mutter, Evangelina hieß sie, nebeneinander liegen. Ich war dreizehn, als ein Schulkamerad aus der Oberschule *Revolución* mir ein Foto von einer jungen Frau im Badeanzug zeigte und ich zum ersten Mal eine Erregung spürte. Wie bei Doña Clotilde auf ihrem Foto, ich empfand gleichzeitig Lust und Verlegenheit. Ich wurde rot, und unter mächtigem Gelächter sagte mein Schulkamerad, das schenke ich dir, das ist deine Mami. Eine Seidenschärpe hat das Mädchen auf dem Foto von der Schulter über die Brüste geschlungen und über der Hüfte geknotet. Darunter steht *Die Karnevalskönigin von Mazatlán.*

»Mein Papa sagt, deine Alte wäre eine flotte Biene gewesen«, sagte mein Mitschüler und lachte sich tot.

»Wie war meine Mutter, Großvater?«

»Hübsch, Plutarco. Zu hübsch.«

»Warum gibt's nicht ein Foto von ihr im ganzen Haus?«

»Aus reiner Trauer.«

»Ich möchte nicht aus der Trauer ausgeschlossen sein, Großvater.«

Der General sah mich ganz komisch an, als ich das sagte, und an den Blick und an meine Worte mußte ich denken in der denkwürdigen Nacht, als ich von den lauten Stimmen aufwachte, in dem Haus, in dem es sonst mucksmäuschenstill war, wenn mein Vater es nach dem Abendessen verließ, sich ans Lenkrad seines Lincoln Continental setzte, frühmorgens wiederkam, gegen sechs, sich badete, rasierte und im Pyjama frühstückte, als wenn er die Nacht zu Hause verbracht hätte, wen glaubte er damit zu täuschen? Schließlich sah ich ihn alle Augenblicke auf den Fotos der Gesellschaftsseiten, immer in Gesellschaft einer schwerreichen Witwe, einer Fünfzigerin wie er, aber die konnte er vorzeigen, nicht wie ich, der ich über die Bordellmädchen am Sonnabend noch nicht hinaus war, allein, ohne Kumpel. Ich hätte auch Lust gehabt, mir eine richtige Señora anzulachen, eine reife, wie die Geliebte meines Vaters, nicht wie die schicken jungen Mädchen, die ich auf Parties kennenlernte von Leuten, die ebenso betucht waren wie wir selber. Wo war meine Clotilde, die ich aus dem Schmutz ziehen konnte, sie beschützen, sie lehren, mich zu lieben, wie war Evangelina? Ich träumte von ihr in ihrem weißen Satinbadeanzug, Marke Jantzen.

Ich träumte gerade von meiner Mutter, als mich die Stimmen weckten, die die Stundenordnung des Hauses durchbrachen, ich setzte mich im Bett auf, zog mir instinktiv die Socken an, um lautlos nach unten zu schleichen, natürlich, im Schlaf hatte ich den Großvater schlurfen gehört, es war kein Traum gewesen, sondern Wahrheit, nein, ich war der einzige in diesem Haus, der wußte, daß Traum Wahrheit ist, das sagte ich mir, während ich mäuschenstill in Richtung auf das Wohnzimmer schlich, von dorther kamen die Stimmen, die Revolution war gar nicht wahr, sie war ein Traum meines Großpapas, meine Mama war nicht wahr, sie war ein Traum von mir, und eben deshalb waren beide wahr, nur mein Vater hatte keine Träume, darum war er unwahr.

Lügen, Lügen, schrie der Großvater, als ich anhielt und nicht in den Salon trat, ich blieb verborgen hinter der lebensgroßen Kopie der Nike von Samothrake stehen, die der Innenarchitekt da hatte hinstellen lassen, wie eine Schutzgöttin für unser Haus, für den Salon, in den nie jemand ging, der zum Vorzeigen war, keine Fußspuren, keine Zigarettenstummel, kein Kaffeefleck, und der zur Szene dieses Mitternachtsstreits zwischen meinem Großvater und meinem Vater wurde, sie schrien sich an, mein Großvater, der General, mit der Stimme, mit der ich mir vorstellte, wie er einem Soldaten Befehle erteilt hatte, Eier ab, aber hopphopp, verbrennt ihn, erschießt ihn, zuerst bringen wir ihn um und danach kommt die Untersuchung, echt General Pulversack, und mein Vater, der Licenciado, mit einer Stimme, wie ich sie noch nie bei ihm gehört hatte.

Ich stellte mir vor, wie der Großvater es trotz seiner Wut genoß, daß sein Sohn ihm endlich einmal widersprach, er kanzelte ihn ab wie einen besoffenen Gefreiten, hätte er eine Peitsche dabei gehabt, hätte er meinem Papa ein Kreuzworträtsel ins Gesicht gemalt, unter *Hijo de la Chingada* – Fotzkopp – tat er es nicht, und mein Papa betitelte den General als alten Schlappsack, und der Großvater: Schlappsack gäb's nur einen in dieser Familie, ein solides, ehrlich erworbenes Vermögen hätte er ihm hinterlassen, er hätte es nur zu verwalten brauchen, mit den besten Anwälten und StGB-Füchsen, nur zu unterschreiben und Zinsen zu kassieren und etwas auf die Bank zu tragen und etwas zu reinvestieren hätte er gebraucht, wieso war nun auf einmal nichts mehr da? Seien Sie heilfroh, Sie Tapergreis, seien Sie bloß froh, daß ich nicht ins Kittchen muß, unterschrieben hab ich nichts, so schlau war ich doch, ich hab die Anwälte und Steuerberater für mich unterzeichnen lassen, wenigstens kann ich sagen, daß man alles hinter meinem Rücken gemacht hat, aber ich für die Schulden aufkomme, auch ich bin ein Opfer des Betrugs, wie die Aktionäre, *Hijo de la Chingada,* ich hab dir ein solides Vermögen übergeben, ein gesundes, Grund und Boden, das ist der einzig sichere Reichtum, das Geld ist bloß Papier, wenn es nicht durch Grundbesitz gedeckt ist, du Laffe, du Schaumschläger, wie kommst du dazu, mit bloßem Blabla ein Kartenhaus aufzubauen, Scheinfirmen, wertlose Aktion auszugeben, hundert Millionen Pesos ohne jede Deckung, zu glauben, je mehr Schulden einer hat, um so sicherer ist er und um so weniger kann man ihm was anhaben, du Rotznase, sachte, sachte, General, ich sage Ihnen, der Prozeß geht gegen die Anwälte und Steuerberater, die haben mich auch reingelegt, das werde ich anführen, einen Dreck wirst du anführen, du wirst mit Grund und Boden dafür gradestehen müssen, mit den Gütern in Sinaloa, den Tomatenpflanzungen, Tomaten, Tomaten, mein Vater krümmte sich vor Lachen, noch nie habe ich ihn so lachen hören, ach, was sind Sie für ein Idiot, General, Tomaten, glauben Sie, wir haben uns dieses Haus mit Tomaten gebaut und die Wagen gekauft und können uns dieses Leben leisten? Glauben Sie, ich steh' auf dem Markt La Merced und verkaufe meine Tomaten? Was glauben Sie, was besser wächst in Sinaloa, Tomaten oder Mohn? Spielt doch keine Rolle, aus der Luft kann keiner sagen, das sind keine Tomaten, rote Felder, na, und warum hat's Ihnen nun die Sprache verschlagen? Wollen Sie alles wissen? Wenn ich mit dem Land für die Schulden geradestehe, dann kommt das raus, dann verbrenn' doch schnell die Pflanzungen, Lümmel, zerstör' alles und sag, der Meltau ist dir hineingekommen, worauf wartest du noch? Und Sie bilden sich ein, daß das noch geht? Sie sind schon ein alter Holzkopf, die Gringos, die mir die Ware abkaufen und vermarkten, meine Partner in Kalifornien, wo das Heroin verkauft wird, glauben Sie wohl, die werden die Hände in den Schoß legen? Aber gewiß doch, nun sagen Sie mir mal, wo ich hundert Millionen Pesos hernehmen soll, um die Aktionäre auszuzahlen, das sagen Sie mir mal, mit dem Haus und den Wagen kratzen wir knapp zehn Millionen zusammen, und auf dem Konto in der Schweiz liegen noch mal so viel, ach du armes Würstchen, nicht mal mit der Droge hast du's zu was gebracht, und die Yankees haben dich reingelegt.

Und dann schwieg der General, und der Licenciado räusperte sich nervös.

»Als du eine Nutte heiratetest, hast du dich nur selbst um die Ehre gebracht«, sagte endlich der Großvater. »Aber jetzt hast du auch mich um die Ehre gebracht.«

Das mochte ich nicht von ihm hören, sie sollten nicht weiterreden, ich flehte darum, von den Flügeln der Nike geschützt, das war ja lächerlich, eine Szene aus einem schlechten mexikanischen Film, eine Fernsehschnulze, ich versteckt hinter einem Vorhang, die Erwachsenen belauschend, wie sie sich gegenseitig die Meinung sagten, eine Szene wie mit Libertad Lamarque und Arturo de Córdova, klassisch, der Großvater stolzierte militärisch aus dem Salon, ich trat vor, packte ihn am Arm, mein Vater sah uns entgeistert an, ich sagte zum Großvater:

»Haben Sie Knete?«

Der General Vergara sah mir direkt ins Gesicht und streichelte seinen Gürtel. Das war seine Geldkatze, prallvoll mit Goldmünzen.

»Gemacht. Kommen Sie.«

Wir zogen los, ich hatte den Alten untergeärmelt, indes mein Vater aus dem Salon hinter uns her schrie:

»Den Gefallen tue ich niemandem, mich am Boden zu sehen!«

Der General gab dem riesigen Blumenkübel aus Kristall in der Halle einen Stoß, daß er umfiel und in tausend Stücke zersprang. Wir hinterließen eine Flut von Plastik-Kallablüten und sausten los in dem roten Thunderbird, ich in Pyjama und Socken, der General wieder ganz aufgeräumt, in seinem hellen Gabardineanzug mit brauner Krawatte und Perle unter dem Knoten, und er streichelte unentwegt seine Geldkatze voller Gold: Jetzt machte es Spaß, um ein Uhr morgens rund um den Autoring zu rasen, kein Verkehr, kein Panorama, freie Fahrt in die Ewigkeit, sagte ich zum General, halten Sie sich gut fest, Herr General, ich trete durch bis auf hundertzwanzig, wildere Klepper als den hab ich geritten, lachte mein Großvater, mal sehen, was für Leuten Sie nun Ihre Erinnerungen erzählen, wir werden uns Leute suchen, die Ihnen zuhören, wir werden mit Centenarios um uns werfen, wir werden neu anfangen, Großpapa, Junge, aber sicher, von Null an, noch mal.

Auf der Plaza Garibaldi, um Viertel nach ein Uhr morgens, zuallererst, Junge, brauchen wir ein paar Mariachis, die die ganze Nacht mit uns durchmachen, frag nicht, wieviel, nur, ob sie *La Valentina* und *Camino de Guanajuato* spielen können, na Jungens, zeigt mal, was ihr könnt auf der Gitarre, der Großvater stieß ein Coyotengeheul aus, *Valentina, Valentina, dir möcht' ich's sagen*, auf geht's, ins *Tenampa*, wir werden ein paar Tequilas verzischen, damit frühstücke ich doch, Jungens, mal sehen, wer mehr verträgt, so hab' ich mich vor dem Treffen bei Celaya auf Schwung gebracht, als wir Villisten unsere Kavallerie Obregón auf den Hals schickten, *eine Leiden-*

schaft verzehrt mich und die fühle ich für dich, und vor uns war nur die riesige Ebene zu sehen und ganz hinten die Artillerie und die regungslosen feindlichen Reiter, hier kommen die verbeulten Tabletts mit Bier, und wir stürmten vorwärts in gestrecktem Galopp, siegessicher, mutig wie die wilden Tiger, und jetzt sehen uns die Mariachis mit steinernen Blicken an, als ob mein Großpapa und ich überhaupt nicht existierten, und auf einmal hoben sich aus den verborgenen Schützenlöchern in der Ebene tausend Bajonette, Jungens, darin hockten die Yaqui-Indianer, die zu Obregón hielten, Vorsicht, nicht das kalte Bier überlaufen lassen, so ganz merkwürdig sahen die uns an, ein geschwätziger alter Mann und ein Jungscher im Pyjama, was soll denn das, die rannten uns die Bajonette in die Bäuche unserer Pferde und hielten sie auf, bis sie ihnen die Eingeweide aufgeschlitzt hatten, diese Yaquis mit Ohrgehängen und roten Tüchern um den Kopf, die getränkt waren vom Blut und Gedärm der Pferde, noch 'ne Runde, aber gewiß, die Nacht ist noch jung, wir kriegten einen Mordsbammel, na klar, wer hätte sich eine solche Wahnsinnstaktik vorstellen können, da kriegte ich Achtung vorm General Obregón, ehrlich, und wann sollen wir singen? haben Sie uns nicht mitgenommen, damit wir singen, Señor? und dabei sahen sie uns an, als ob sie sagen wollten, die haben ja keinen Groschen, wir gingen zurück, wir griffen sie mit Geschützen an, aber die Überrumpelung war schon gelungen, Celaya war nur noch Terrain voller Rauch und Blut und sterbender Pferde, Zigarettenrauch von *Delicados*, ein gelangweilter Mariachi bestrich meines Großvaters geschlossene Faust mit Salz und drückte eine Zitrone drauf aus, dem General Obregón haben wir einen Arm weggeschossen, so hart auf hart ging es, und da hab' ich mir gesagt, gegen den kann man nicht an, und dann zuckte er die Achseln und strich das Salz auf das Mundstück seiner Trompete und begann darauf herumzufingern, ihr traurige Töne zu entlocken, Villa ist reine, losgelassene Kraft, ziellos, Obregón ist intelligente Kraft, das größte Schlitzohr, ich war drauf und dran, mich auf das Schlachtfeld zu wagen, wie auf Spurensuche, um den Arm zu suchen, den wir Obregón weggeschossen hatten, ihm den wiederzugeben und zu sagen, Herr General, Sie sind der Oberchingón, das größte Schlitzohr, hier haben Sie Ihr Ärmchen wieder und nichts für ungut, hach, Himmeldonnerwetter, aber ihr wißt ja, wie's dann weiterging, nein? niemand weiß das? und ihr wollt's auch gar nicht wissen? also, der General Obregón höchstpersönlich warf einen goldenen Centenario in die Luft, so, und der abgehauene Arm flog vom Boden hoch, die blutige Faust fing die Münze in der Luft auf, genau so, siehst du, jetzt hab ich ihn dir weggeschnappt, Mariachi, jetzt hat dich also meine Geschichte interessiert, ich war schneller als du und Obregón schneller als wir und hat so seinen Arm bei Celaya wiederbekommen, und sollt' ich morgen sterben, so tötet mich lieber gleich, ihr sollt mich lieben, Jungens, nichts weiter, ihr sollt mir treu sein, und wenn's nur diese eine Nacht ist.

Zwei Uhr morgens, im silbern gestrichenen *Club de los Aztecas,* Rocky Rola die Sensation, die Königin des Chachachá, Cuba libre für alle, die Jungens hier sind meine Kumpel, was heißt hier, die können sich nicht hinsetzen, Sie sind ein verhungerter Kater mit Zitronensaft in den Adern, sehn Sie sich mal im Spiegel an, was Sie für grüne Augensäcke haben, Sie armseliger Ladenschwengel, halten Sie die Schnauze, oder ich drück Sie aus wie 'ne Zitrone, wieso mein Enkel im Pyjama nicht, das ist schließlich sein einziges Kleidungsstück, der lebt doch nur nachts, schläft den lieben langen Tag mit deiner Mama, der ist so müde, wieso werden Ihre Musiker protestieren, meine

Mariachis sind auch in der Gewerkschaft, setzt euch, Jungens, Befehl vom General Vergara, was sagst du, dämlicher Kellner, das heißt hier *Zu Befehl, Herr General,* merk dir das, Zitronenfresse, los, geh Essig pissen, gelbe Lämpchen, grüne Lämpchen, blaue, die immergrüne Azucena, die Königin des romantischen Bolero, die hat sich auch ihr Glimmerkleid mit'm Schuhanzieher angezogen, sehn Sie mal, General, die Titten hat sie sich mit'm Kran hochhieven müssen, nachdem sie vorher damit Fußball gespielt hat, das ist eine, die schießt sich ihre Tore selber, der ihr Nabel muß so groß sein wie die Plaza de Toros, die haben sie achtmal anstreichen müssen, bevor sie auftreten durfte, Herr General, sehn Sie bloß mal diese Wimpern, wie schwarze Rolläden, du bist zu haben? sag bloß, was kosten denn deine Traueräuglein, Dicke, tu nicht so, für wen singt sie wohl diese schrägen Schlager, Jungens? los, auf sie, meine Tigerlein, nichts wie Redensarten, hast mich wohl vergackeiert? ein Lied für Machos, rauf da aufs Podium, knall der immergrünen Azucena einen auf den Hintern, nun zeig mal, was du kannst, Dicke, hach, die kreischt aber, bitte mehr Respekt für die Künstler, unter die Dusche, Schweißmieze, wisch dir dein Clownsgesicht ab, nicht schreien hier, tut dir doch gut, auf sie, Leute, singen Sie, General, und unser Mexiko am sechzehnten Februar, Wilson schickt uns zehntausend Amerikaner, her mit der Gitarre, die nach Schluchzen klingt, her mit der Trompete, die nach Salz schmeckt, Panzer, Kanonen und eine Menge Flugzeuge, die sollten Villa suchen, ihn umlegen, runter da, alter Knacker, raus, ihr Straßenmariachis, und dieser Schwule im Pyjama, komm da runter, hier spielen bloß Musiker von der Gewerkschaft, hier spielen bloß geschniegelte Laffen mit Fliege und Smoking, der glänzt schon vom vielen Bügeln, deine Eier werd ich dir bügeln, Tapergreis, nu aber los, Jungs, jetzt haben sie mich aber in Rage gebracht, das gibt's nicht, um der Jungfrau willen, nein, kastrier sie, Großpapa, hopphopp, einen Fußtritt in die Trommel, hau die Gitarre ins Schlagzeug, holt dem Klavier das Gedärm raus wie den Pferden bei Celaya, Achtung, Großpapa, vor dem Typen mit dem Saxophon, einen Tritt in den Bauch, dem Glatzkopf da hau die Birne in die Trommel, feste, Plutarco, meine Tigerlein, Blut will ich sehen von diesen Pfeifenheinrichen auf dem Tanzboden, der da vom Schlagzeug hat 'ne Perücke auf, Plutarco, reiß sie ihm ab, jetzt aber, Eierkopp, die sollen dich weich kochen, bevor ich dich zu Mus mache, einen Tritt in den Hintern, Plutarco, und jetzt ab im Trab, denn das Zitronengesicht hat schon die Blauen geholt, nehmt die Harfe mit, Jungens, nicht eine Taste ist an ihrem Platz geblieben, hier, Herr General, die Wimpern von der Sängerin, und da schenk ich euch 'ne Handvoll Centenarios für die Reparaturen.

Nach drei Uhr, bei der *Bandida*, wo ich gut bekannt war und die Besitzerin uns höchstpersönlich begrüßte, was für'n süßer Pyjama, Plutarco, und sie fühlte sich hochgeehrt, daß der Herr General Tompiates selber, und was für 'ne irre Idee, sich die Mariachis gleich mitzubringen, und sie sollen uns *Siete Leguas* singen, sie selber, die Señora, würde es singen, denn sie hatte selber die Musik dazu gemacht, *Sieben Meilen*, das war Villas Lieblingspferd, schenkt den Rum ein, herbei, meine Damen, alle gerade aus Guadalajara angereist, alles Jungsche, wenn's hochkommt, sind Sie der zweite, der sie in ihrem Leben anfaßt, Herr General, und wenn Sie wollen, bring ich Ihnen eine sozusagen patentierte Jungfrau, das war 'ne fabelhafte Idee von dir, Plutarco, so, so, setz dich dem General auf die Knie, nu zier' dich nicht, Judith, der ist ja rein zum Abgewöhnen, Doña Chela, und mein Großpapa ist noch kein so'n Gerippe, hör mal, du Gartenzwergin, das ist mein Großpapa, und den respektierst du gefälligst, du brauchst mich nicht zu verteidigen, Plutarco, nun soll dieser kleine Nachtfalter mal sehen, daß Vicente Vergara noch kein Fraß für die Löwen ist, sondern ich bin selber ein großer Löwe, komm her, kleine Judith, na, wo hast du denn dein Bettchen gelassen, jetzt sollst du mal sehen, was ein Macho ist, was ich sehen will ist, was für 'ne Farbe deine Centavos haben, da guck, hat ihn schon, ein goldener Centenario, Doña Chela, Mensch, der Alte hat's dicke, wenn er die Züge pfeifen hörte, dann stieg er auf die Hinterbeine und wieherte, sucht euch welche aus, Jungens, sagte mein Großpapa zu den Mariachis, denkt dran, ihr seid meine Truppe junger Tiger, ihr braucht nicht zu feilschen.

Ich wartete im Saal und hörte Platten. Sämtliche Mädchen wurden vom Großvater und den Mariachis mit Beschlag belegt. Ich trank eine Cuba und zählte die Minuten. Als es mehr als dreißig waren, wurde ich besorgt. Ich stieg die Treppe zum zweiten Stockwerk hoch und fragte, wo Judith arbeitete. Die Klofrau begleitete mich bis vor die Tür. Ich klopfte, und Judith, puppenklein ohne Absätze, splitterfasernackt, machte auf. Der General saß auf dem Bettrand, in Unterhose, die Socken mit uralten roten Gummibändern gehalten. Er sah mich an, und seine Augen quollen über von Tränen, wie sie ihm manchmal, ohne daß er was dafür kann, aus seinem alten Stachelkopf fließen. Er sah mich niedergeschlagen an.

»Ich konnte nicht, Plutarco, er kann nicht.«

Ich packte Judith im Nacken, drehte ihr den Arm auf den Rücken, die Nutte reichte mir bis zur Schulter, sie kreischte, meine Schuld war es nicht, ich hab' meine Schau für ihn abgezogen, alles was er wollte, ich hab' meine Arbeit gemacht, ich hab' getan, was ich konnte, beklaut habe ich ihn nicht, aber er soll mich nicht mehr so ansehen, wenn er will, geb' ich ihm den Centenario wieder, aber er soll mich nicht mehr so traurig ansehen, bitte, tu mir nicht weh, laß mich los.

Ich drehte ihr den Arm noch weiter um, zog noch mehr an den gelockten Haaren, ich sah im Spiegel ihr Gesicht, wie das einer kleinen Wildkatze, wie sie mit fest zugekniffenen Augen kreischte, die hohen Backenknochen und den mit Silberpuder geschminkten Mund, die winzigen scharfen Zähnchen, den verschwitzten Rücken.

»War so meine Mutter, Großvater? So eine Mieze? Meinten Sie das?«

Ich ließ Judith los, sie rannte nach draußen, hielt sich ein Handtuch vor. Dann setzte ich mich neben den Großvater. Er gab mir keine Antwort. Ich half ihm beim Anziehen. Er flüsterte:

»Wär's bloß das gewesen, Plutarco, bloß das.«

»Hat sie meinem Vater Hörner aufgesetzt?«

»Zum kapitalen Hirsch hat sie ihn gemacht.«

»Na und?«

»Sie hatte es doch nicht nötig, wie diese hier.«

»Dann tat sie es zum Vergnügen. Was ist daran schlimm?«

»Sie war undankbar.«

»Sicher hat ihr mein Vater nicht das gegeben, was sie brauchte.«

»Die gehörte ins Kino, nicht in mein Haus.«

»Wir haben ihr also die Sehnsucht ihres Lebens erfüllt? Das hätte mein Papa doch besser im Bett tun sollen.«

»Ich weiß bloß, daß sie deinen Papa entehrt hat.«

»Aus Not, Großvater.«

»Wenn ich da an meine Clotilde denke!«

»Ich sag' Ihnen doch, daß sie es aus Not getan hat, genau wie die Mieze hier.«

»Der hab ich's auch nicht recht gemacht, Junge. Muß wohl die fehlende Übung sein.«

»Lassen Sie's mich Ihnen mal zeigen, Ihr Gedächtnis auffrischen.«

Nun, wo ich über die Dreißig hinaus bin, denke ich an jene Nacht meiner neunzehn Jahre so, wie ich sie damals erlebte, als Nacht meiner Befreiung. So empfand ich sie, als ich die Judith fickte, mit den total besoffenen Mariachis im Zimmer, immer noch mal den Corrido von Pancho Villas Pferd, auf dem Bahnhof von Irapuato, die Horizonte sangen, mein Großvater hing auf einem Stuhl, traurig und stumm, als ob er dem Wiederauferstehen seines Lebens zusähe, das nun nicht mehr seines wäre und es auch nie wieder werden würde, Judith rot vor Scham, noch nie hatte sie es so gemacht, mit Musik und allem, eiskalt war sie, schämte sich zu Tode, spielte Gefühle, von denen ich wußte, daß es keine waren, denn ihr Körper gehörte der toten Nacht, und nur ich gewann, es war nur mein Sieg, von niemand anderem, darum schmeckte er mir auch schal, es war keine dieser von allen getragenen Taten, von denen der General immer erzählte, vielleicht war deshalb die Traurigkeit meines Großvaters so groß, und so groß war von da an die Wehmut der Freiheit, die ich mir damals zu erkämpfen glaubte.

Gegen sechs Uhr morgens kamen wir auf dem Französischen Friedhof an. Großvater gab dem vor Kälte steifen Friedhofswärter noch einen Centenario aus seiner prallen Geldkatze, und er ließ uns ein. Er wollte Doña Clotilde an ihrem Grab ein Ständchen bringen, und die Mariachis sangen *Camino de Guanajuato,* mit der Harfe, die sie aus dem Nachtclub hatten mitgehen heißen, *das Leben taugt nichts, nichts taugt das Leben.* Der General sang mit, es war sein Lieblingslied, es erinnerte ihn an so viele Dinge aus seiner Jugend, *Weg nach Guanajuato, du führst durch so viele Dörfer ...*

Wir zahlten die Mariachis aus, auf baldiges Wiedersehen, Kumpels bis in den Tod, und fuhren heim. Obwohl um die Zeit wenig Verkehr herrschte, hatte ich keine Lust zu rasen. Wir beide, Großvater und ich, kehrten zurück zu dem unfreiwilligen Friedhof, der im Süden der Stadt Mexiko aufsteigt: El Pedregal. Der stumme Zeuge von Katastrophen, die niemand aufgezeichnet hat, der schwarze Boden, über dem die erloschenen Vulkane wachen, ist ein unsichtbares Pompeji. Vor Jahrtausenden überschwemmte Lava die Nacht mit glühendem Brodeln, niemand weiß, wer hier zugrundegegangen, wer von hier geflohen ist. Manche meinen, wie auch ich, daß man niemals diese vollkommene Stille hätte zerbrechen sollen, die wie eine Zeittafel der Schöpfung war. Als ich noch klein war, wir noch in der Colonia Roma wohnten und meine Mutter noch lebte, kam ich oft dorthin, wenn wir die Pyramide von Copilco besuchten: Stein als Krone des Steins. Ich weiß noch, daß wir alle von selbst still wurden, wenn wir diese tote Landschaft anschauten, die ihre eigene Abenddämmerung hatte, die nie von den (damals noch) leuchtenden Morgen unseres Tales erhellt wurde, erinnern Sie sich noch daran, Großvater? Es ist meine erste Erinnerung. Wir verbrachten den Tag *auf dem Lande,* denn damals war das Land noch nahe bei der Stadt. Beim Fahren saß ich immer auf dem Schoß des Dienstmädchens, war es meine Kinderfrau? Manuelita hieß sie.

Jetzt, als ich mit meinem gedemütigten und benebelten Großvater in das Haus auf dem Pedregal zurückkehrte, dachte ich daran, wie man die Gebäude der Ciudad Universitaria gebaut hatte und der Vulkanfelsen aufpoliert worden war, der Pedregal setzte sich grüne Brillen aus Glas auf, gürtete sich mit einem Talar aus Beton, malte sich die Lippen mit Acryl, verzierte die Wangen mit bunten Mosaiks und überwand die Schwärze der Erde mit einem Vorhang aus noch schwärzerem Rauch. Die Stille zerbarst. Jenseits des riesigen Parkplatzes der Universität wurde die Gartenstadt Pedregal parzelliert. Ein Stil wurde dazu bestimmt, Gebäude und Landschaft des neuen Villenviertels ineinander verschmelzen zu lassen. Hohe weiße Mauern, indigoblau, pupurrot, gelb. Leuchtende mexikanische Feierfarben, Großvater, und die spanische Tradition der Festungsbauweise, hören Sie mir zu? Der Fels wurde mit theatralischen nackten Gewächsen bepflanzt, die keinen anderen Schmuck aufwiesen als ein paar grelle Blüten. Tore, die verschlossen waren wie Keuschheitsgürtel, Großvater, und Blüten, die sich auftaten wie Geschlechtswunden, wie die Möse der Nutte Judith, die Sie nicht mehr ficken konnten, aber ich, aber wozu, Großpapa.

Nun sind wir schon an der Gartenstadt Pedregal, bei den großen Villen, die alle gleich aussehen sollten hinter den Mauern, Japan mit Bauhausverschnitt, modern, nur ein Stockwerk, heruntergezogene Dächer, große Fenster, Swimmingpools, Steingärten. Wissen Sie noch, Großvater? Das ganze Gelände wurde von einer Mauer umgeben und der Zugang auf eine Anzahl gelb gestrichener Gittertore beschränkt, wo Wachleute standen. Was für ein elender Versuch von städtischer Unversehrtheit, in einer Hauptstadt wie der unseren, aufwachen, Großpapa, sehen Sie sie an bei Nacht, Mexiko, die mutwillig krebswuchernde Stadt, die nach anarchischer Ausbreitung giert, faulende Ansätze jeglichen Stils, eine Stadt, die Demokratie mit Besitz verwechselt, aber auch Gleichheit mit Plattheit: Sehen Sie sie jetzt an, Großvater, wie wir sie in jener Nacht sahen, als wir mit Mariachis und Nutten unterwegs waren, schauen Sie sie jetzt an, da Sie schon tot sind und ich über dreißig, wie sie erdrückt wird von ihren riesigen Elendsgürteln, von Legionen von Arbeitslosen, von Landflüchtigen und von Millionen von Kindern, zwischen einem Schrei und einem Stöhnen gezeugt, Großvater: Unsere Stadt, Großvater, wird den Oasen der Exklusivität nur ein kurzfristiges Leben gewähren. Die Oase der Gartenstadt auf dem Pedregal war, als ob jemand sich die Nägel manikürt, indes der Körper an Wundfäule zugrundegeht. Die Gittertore fielen, die Wachleute zogen ab, die Bauwillkür durchbrach endgültig die Quarantäne unseres vornehmen Leprosoriums, und meines Großvaters Gesicht war so grau wie die Betonmauern des Stadtrings. Er war eingeschlafen, und zu Hause mußte ich ihn aus dem Wagen tragen wie ein Kind. Wie leicht war er, eingeschrumpft, die Haut klebte an den Knochen, was für eine absonderliche Miene des Vergessens in seinem Gesicht, das schwer war von Erinnerungen. Ich legte ihn ins Bett, und mein Vater wartete auf der Schwelle auf mich.

Mein Vater, der Licenciado, winkte mir, ihm durch die Marmorgänge bis in die Bibliothek zu folgen. Er öffnete das Spiegelschränkchen voller Gläser und Flaschen und bot mir einen Kognak an. Ich schüttelte den Kopf. Ich bat ihn, mich nicht zu fragen, wo wir gewesen wären, was wir getan hätten, denn dann hätte ich ihm irgend etwas von dem antworten müssen, was er nicht verstehen würde, und das, ich erwähnte es schon, schmerzte mich mehr als ihn. Seinen Kognak wies ich zurück, wie ich seine Fragen zurückgewiesen hätte. Es war die Nacht meiner Befreiung, und die wollte ich nicht verlieren, indem ich mich von meinem Vater ausfragen ließ. Ich saß doch am gedeckten Tisch, oder? Wozu wollte ich immer wieder, nur für mich allein, herausfinden, was Liebe, Tapferkeit, Freiheit bedeuteten?

»Was wirfst du mir vor, Plutarco?«

»Daß du mich aus allem herausgehalten hast, sogar aus dem Schmerz.«

Leid tat mir mein Vater, als ich ihm das sagte. Er stand auf und ging an das große Fenster, das auf den Innenhof ging, der von Glasfenstern eingerahmt und mit einem Marmorbrunnen in der Mitte geschmückt war. Mit einer melodramatischen Gebärde, als ob er sie geprobt hätte, zog er die Vorhänge zurück, im gleichen Augenblick, als Nicomedes das Wasser anstellte. Er tat mir leid: Diese Gebärde hatte er im Kino gelernt. Alles, was er tat, hatte er im Kino gelernt. Alles, was er tat, war gelernt und künstlich. Ich verglich es mit der unbekümmerten Spontaneität, mit der mein Großpapa etwas darstellen konnte. Seit Jahren verkehrte mein Vater nur bei Gringo-Millionären und falschen Marquis. Sein eigenes Adelspatent war, auf den Gesellschaftsseiten zu erscheinen, den Schnurrbart nach englischer Mode hochgebürstet, graumeliertes Haar, diskreter grauer Anzug, auffallendes Taschentuch aus der Brusttasche lugend, wie die Blüten der dürren Pflanzen auf dem Pedregal.

Wie für viele reichgewordene Mexikaner seiner Generation war der Duke of Windsor das Vorbild, die breitgeschlungene Krawatte, aber nie fanden sie ihre Mrs. Simpson. Die Armen: Sie standen auf du und du mit einem ungebildeten Texaner, der gerade ein Hotel in Acapulco aufgekauft hatte, oder einem spanischen Sardinenhändler, der Franco seinen Adelstitel abgekauft hatte, diese Preislage. Er war ein sehr beschäftigter Mann.

Er ließ den Vorhang los und meinte, seine Argumente würden mich wohl kaum beeindrucken, meine Mutter hätte sich nie um mich gekümmert, das gesellschaftliche Leben hätte sie geblendet, es war die Zeit, als die europäischen Emigranten kamen, König Carol und Madame Lupescu, mit Dienern und Pekinesen, zum ersten Mal kam sich Mexiko als aufregende kosmopolitische Metropole vor, nicht als Dorf voller Indianer und Militärputsche. Wie sollte sich Evangelina nicht blenden lassen, eine kleine Provinzschöne mit einem Goldzahn, als er sie kennenlernte, eine von diesen Frauen von der Küste von Sinaloa, die früh erwachsen sind, große, hellhäutige, mit Augen wie Seide und langen schwarzen Haaren, die Tag und Nacht gleichzeitig im Leibe haben, Plutarco, das funkelt ihnen immer zugleich im Körper, alle Verheißungen, aber alle, Plutarco.

Zusammen mit ein paar Freunden, jungen Rechtsanwälten wie er, fuhr er zum Karneval nach Mazatlán, und sie war die Königin. Sie ließ sich spazierenfahren in einem offenen Wagen voller Gladiolen, über die Mole von Olas Altas, alle machten ihr den Hof, die Kapellen spielten *Kleine Liebe, eben erst geboren,* ihn konnte sie am besten leiden, ihn suchte sie sich aus, das Glück mit ihm, das Leben mit ihm, und er hatte sie nicht gezwungen, ihr nicht mehr als die anderen geboten, so wie der General der Großmama Clotilde, die gar nicht anders konnte, als sich unter den Schutz eines mächtigen und tapferen Mannes zu begeben. Evangelina nein. Evangelina küßte ihn eines Nachts zum ersten Mal am Strand und sagte, du gefällst mir, du bist am zärtlichsten, du hast so hübsche Hände. Ich war der Zärtlichste, wirklich, Plutarco, ich wollte lieben. Das Meer war so jung wie sie, beide waren gerade geboren, deine Mutter Evangelina und das Meer, sie schuldeten niemandem etwas, hatten keinerlei Verpflichtungen wie deine Großmama Clotilde. Ich hab sie nicht zwingen müssen, ihr nicht zu zeigen brauchen, mich zu lieben, wie dein Großvater. Das wußte der General im tiefsten Innern, und sie schmerzte ihn, Plutarco, seine Verehrung für meine Mutter Clotilde, er war wie das Sprichwort, nie ein Verlierer, und wenn er verlor, nahm er sich, was er wollte, meine Mutter war ein Teil seiner Kriegsbeute, so sehr er das auch beschönigen wollte, sie liebte ihn nicht, aber sie lernte es mit der Zeit, Evangelina dagegen, die hat mich gewählt, ich wollte lieben, der Großvater will, daß man ihn liebt, darum entschied er, daß Evangelina mich nicht mehr lieben sollte, umgekehrt wie es ihm passiert ist, siehst du, den lieben langen Tag verglich er sie mit seiner wunderbaren Clotilde, nichts als: Meine selige Clotilde hätte das nicht so gemacht, zu Lebzeiten meiner Clotilde, meine Clotilde, sie ruhe in Frieden, die hat was vom Haushalt verstanden, die war bescheiden, die hat nie Widerworte gehabt, meine Clotilde war zurückhaltend, die hat sich nie mit nackten Beinen fotografieren lassen, und als du dann geboren wurdest, Plutarco, da war seine Clotilde natürlich die wahre mexikanische Mama, die konnte noch Kinder aufziehen.

»Warum gibst du Plutarco nicht die Brust? Hast du Angst, du verdirbst sie dir? Na, wozu brauchst du sie denn? Um sie den Männern zu zeigen? Der Karneval ist vorbei, Señorita, jetzt heißt es, eine anständige Frau sein.«

Wenn mein Vater es erreichte, daß ich die Erinnerung an meine Mutter Clotilde hassen lernte, wie sollte er nicht Evangelina zur Verzweiflung bringen, wie sollte sich deine Mutter nicht zurückziehen und später das Haus meiden, zum Zahnarzt gehen, auf Parties, sich einen anderen Mann suchen, meine Evangelina war doch so ein Naturkind, laß doch deinen Vater, Agustín, laß uns allein leben, wir wollen uns lieben wie früher, und der General: laß die bloß nicht zu üppig werden, wenn die erst mal ihren Willen kriegt, hat sie für immer die Hosen an; aber im Grunde wollte er vor allem, daß sie aufhören sollte, mich zu lieben, damit ich sie wie er dazu zwingen müßte, damit ich nichts vor ihm voraus haben sollte. Damit niemand die Freiheit hätte, die er nicht gehabt hatte. Wenn er es schwer gehabt hatte, dann sollte es auch mir und danach dir schwer werden, so sieht er alles, auf seine Art, er hat uns den Tisch gedeckt, wie er sagt, eine andere Revolution, wo man auf einen Schlag Liebe und Schneid gewinnt, wird es nicht geben, nie mehr, jetzt heißt es, sich auf anderem Felde bewähren, warum sollte nur er es schwer gehabt haben und wir nicht? Er ist unser ewiger Don Porfirio, siehst du, es soll uns ja nicht in den Sinn kommen, ihm zu zeigen, daß wir ihn nicht brauchen, daß wir ohne seine Erinnerungen leben können, ohne sein Erbe, seine despotische Sentimentalität. Er hat es gern, daß man ihn liebt, der General Vicente Vergara ist unser Großer Vater, wir haben ihn zu lieben und ihm nachzueifern, mal sehen, ob wir das erreichen, was er geschafft hat, jetzt, wo es schwerer ist.

Du und ich, Plutarco, was für Schlachten sollen wir wohl gewinnen, was für Frauen zähmen, was für Soldaten kastrieren, das sag mir mal. Darin liegt die gräßliche Anmaßung deines Großpapas, mach dir das beizeiten klar, sonst bricht er dir das Kreuz, wie er meins gebrochen hat, sagt er, und lacht sich tot dabei, mal sehen, ob ihr imstande seid, das fertigzubringen, was ich fertiggebracht habe, jetzt, wo es gar nicht mehr geht, mal sehen, ob ihr erben könnt, was Schwierigeres, außer meinem Geld.

»Meine straflose Gewalttätigkeit.«

Evangelina war so unschuldig, so gänzlich wehrlos, das reizte mich mehr als alles, daß ich ihr nichts vorwerfen konnte, und wenn ich ihr nichts vorwerfen konnte, dann konnte ich ihr auch nicht verzeihen. Das ist etwas, was der Großvater nie erlebt hat. Nur durch ein solches Gefühl konnte ich ihm für immer über sein, in meinem Innern, auch wenn er mich weiter aushielt und sich darüber mokierte: Ich hatte mehr oder etwas anderes getan. Ich weiß es immer noch nicht. Auch deine Mutter wußte es nicht, die sich für alles mögliche schuldig fühlte, nur nicht für das, was ich ihr vorwarf.

»Ihre aufreizende Unschuld.«

Mein Vater hatte die ganze Nacht getrunken. Mehr als der Großvater und ich. Er ging zum Hifi-Set und stellte ihn an. Avelina Landín sang *Wenn die Silberfäden in deiner Jugend aufblitzen*, und mein Vater ließ sich in seinen Sessel fallen wie Fernando Soler in *Die Frau ohne Seele*. Es war mir nun egal, ob er sich auch das angelernt hatte.

Der Arztbericht sagt, daß deine Mutter an einem Stück Fleisch erstickt ist. Ganz einfach. Diese Dinge bringt man ganz leicht in Ordnung. Für die Aufbahrung haben dein Großvater und ich ihr einen sehr schönen Schal um den Hals geschlungen.

Den Rest Kognak trank er auf einen Zug aus, stellte das Glas auf ein Regal und betrachtete lange seine Handflächen, während Avelina sang, wie der silberne Mond sich in einem blauen See spiegelt.

Natürlich wurden die geschäftlichen Dinge geregelt. Die Freunde meines Vaters in Los Angeles kamen für die Schuld von hundert Millionen auf, damit die Pflanzungen in Sinaloa nicht angetastet würden. Der Großvater lag einen Monat zu Bett nach der Sause, die wir zusammen hinter uns gebracht hatten, aber zum 10. Mai, zum Muttertag, war er wieder putzmunter, als wir drei Männer aus dem großen Haus auf dem Pedregal wie alle Jahre gemeinsam zum Französischen Friedhof fuhren, um Blumen in der Krypta niederzulegen, wo Großmama Clotilde und meine Mama Evangelina liegen.

Diese Marmorkrypta sieht wie unsere Villa in Miniatur aus. Hier ruhen sie beide, sagte der General mit gebrochener Stimme und gesenktem Kopf, er schluchzte und hatte das Gesicht hinter seinem Taschentuch verborgen. Ich stehe zwischen meinem Vater und dem Großvater und halte beide an den Händen gefaßt. Großvaters Hand ist kalt, ohne Schweiß, wie Reptilienhaut. Dagegen glüht die meines Vaters wie Feuer. Noch einmal schluchzte der Großvater und nahm das Taschentuch vom Gesicht. Hätte ich ihn richtig angesehen, so hätte ich mich gewiß gefragt, für wen er eigentlich so weinte und wen er mehr beweinte, seine Gattin oder seine Schwiegertochter. Aber in dem Augenblick versuchte ich nur, meine Zukunft zu erraten. Diesmal waren wir ohne Mariachis auf den Friedhof gegangen. Ich hätte ganz gern ein bißchen Musik gehabt.

2

Das waren die Paläste

Für Luise Rainer,
die zu sehen verstand

Niemand glaubte ihr zuerst, als sie behauptete, die Hunde liefen ihr nach, nicht ganz richtig im Kopf, die Alte, ist wohl nicht ganz bei Trost, spricht den lieben langen Tag mit sich selber, muß wohl schlimme Träume haben, was die auch ihrer Tochter angetan hat, da mag sie schon manchmal nachts nicht schlafen. Alten Leuten trocknet ja auch das Gehirn allmählich ein, bis es zu einer verschrumpelten Nuß wird und wie eine Murmel in dem hohlen Schädel scheppert. Aber Doña Manuelita hat auch eine Menge guter Eigenschaften, sie begießt nicht nur ihre eigenen Blumentöpfe, sondern die von allen ihren Nachbarn im zweiten Stock, jeden Morgen kann man sie sehen mit ihrem grünen Benzinkanister, wie sie mit ihren gelben Fingern die großen Geranienkübel auf dem eisernen Geländer sprengt, und jeden Abend zieht sie die Hauben über die Käfige, damit die Kanarienvögel ruhig schlafen können.

Andere wieder meinen, ist Doña Manuelita nicht die friedfertigste Person von der Welt, warum lästert man so über sie? Ganz allein ist sie, alt, tut nur, was alle tun, nichts Auffallendes. Morgens die Blumenkübel, abends die Vogelbauer. Etwa um neun geht sie Besorgungen machen auf dem Markt La Merced, und auf dem Heimweg macht sie eine Pause auf dem Zócalo, geht in die Kathedrale und betet ein Weilchen. Dann kommt sie zurück in das große Mietshaus und macht sich ihr Essen. Aufgebratene Bohnen, aufgewärmte Tortillas, frische Tomaten, Minze und Zwiebeln, gehackte Pfefferschoten: Die Gerüche aus Doña Manuelas Küche sind die gleichen, wie sie mit dem Rauch aus allen alten Öfen mit rotglühenden Kohlen aufsteigen. Wenn sie fertig ist mit ihrem einsamen Mahl, betrachtet sie eine Weile den schwarzen Rost, und dann ruht sie sich aus, wird sich wohl ausruhen. Die Leute sagen, das hat sie verdient. So viele Jahre war sie Dienstmädchen in einem reichen Haus, ihr ganzes Leben sozusagen.

Nach der Siesta, gegen Abend, geht sie wieder fort, gebückt, ihren Korb voller trockener Tortillas in der Hand, und dann fangen die Hunde an, ihr nachzulaufen. Ist doch klar. Sie wirft ihnen die Tortillas hin, und das wissen die Hunde schon und laufen ihr nach. Wenn sie sich mal ein Huhn leistet, hebt sie die Knochen auf und wirft sie dann den Hunden hin, die ihr durch die Calle de la Moneda nachlaufen. Der Schlachter sagt, sie sollte das lieber nicht tun, ein Hühnerknochen bekommt dem Hund nicht, kann ihm im Hals steckenbleiben, der Knochen ist wie ein Span, der die Gedärme durchspießt. Das sagen natürlich die Böswilligen, weil es beweist, daß Doña Manuelita kein guter Mensch ist, sie lockt die Hunde bloß an, um sie umzubringen.

So gegen sieben Uhr kommt sie zurück, klatschnaß in der Regenzeit und mit staubgrauen Schuhen während der trockenen Monate. Alle erinnern sich so an sie, weißgepudert, wie in ein Leichentuch eingehüllt von dem Staub zwischen Oktober und April, und zum Auswringen von Mai bis September, das Umschlagetuch klebt ihr am Kopf, die Regentropfen hängen ihr an der Nasenspitze, verlieren sich in den Falten um die Augen, Wangen und an den weißen Stoppeln am Kinn.

Von ihren Ausgängen kehrt sie heim in der schwarzen Bluse, weiten schwarzen Röcken und schwarzen Strümpfen; all das hängt sie über Nacht zum Trocknen auf. Sie ist die einzige, die sich traut, ihre Wäsche nachts trocknen zu lassen. Da sieht man's, ganz schön bescheuert ist die, nachts kann es regnen, und dann – alles für die Katz. Nachts gibt es keine Sonne. Nachts gibt es Diebe. Egal. Sie hängt ihren nassen Plunder auf die gemeinsamen Wäscheleinen, die den Hof der Mietskaserne kreuz und quer überspannen. Damit die Nachtkühle ihn auslüftet, tuscheln die Klatschtanten anstelle Doña Manuelitas. Denn tatsächlich hat niemand sie je reden hören. Niemand hat sie schlafen sehen. Alles Gerüchte. Doña Manuelitas Wäsche verschwindet von der Wäscheleine, bevor irgendwer aufsteht. Nie hat man sie an den Waschplätzen gesehen, schrubbend, einseifend, schwatzend, neben den übrigen Frauen kniend.

»Sie sieht aus wie eine alte einsame Königin, die von allen vergessen ist«, sagt der Niño Luisito, bevor man ihm verbot, sie zu besuchen oder sie auch nur anzureden.

»Wenn sie die Steintreppe hinaufgeht, dann erst stelle ich mir vor, daß dieses Haus einmal ein großer Palast war, Mama, daß hier vor langer Zeit sehr mächtige und reiche Herrschaften wohnten.«

»Du sollst sie nicht mehr besuchen. Denk an das mit ihrer Tochter. Gerade du solltest daran denken.«

»Ich habe ihre Tochter nicht gekannt.«

»Du möchtest dich an ihre Stelle setzen. Und das kommt überhaupt nicht in Frage. Alte Hexe!«

»Sie ist die einzige, die mich spazierengefahren hat. Alle anderen sind immer so beschäftigt.«

»Deine kleine Schwester ist schon groß genug. Die kann dich jetzt ausfahren.«

Das Schwesterchen Rosa María schob nun den Niño

Luisito in seinem Rollstuhl, wie er es ihr sagte, wohin er wollte. Zur Calle Tacuba, wenn er die alten Paläste aus Steinquadern und Tezontle anschauen wollte, die noch aus der Zeit der Vizekönige stammten, die weiten hölzernen Dielen mit Ziernägeln so groß wie Münzen, die schmiedeeisernen Balkone, die Nischen mit den steinernen Marienbildern, die hohen Dachrinnen und die Traufen aus grünem Kupferblech. Zu den flachen, verwitterten Häuschen in der Calle Jesús Carranza, wenn er gerne an Doña Manuelita denken wollte, denn er war der einzige, der das Zimmer und die Küche der Alten betreten hatte und beschreiben konnte. Es gab freilich nichts zu beschreiben, das war das Interessante. Hinter den Türen, die eigentlich Fenster waren, hinter dem Fenster aus Holz in der Küche, mit Scheibengardinen, dem Fenster mit Vorhängen aus Bettlakenstoff, von Messingstangen gehalten, im Zimmer, gab es nichts Erinnernswertes. Nur eine Pritsche. Alle schmückten ihre Zimmer mit Kalendern, Altärchen, Drucken, Zeitungsausschnitten, Blumen, Fußballwimpeln und Stierkampfplakaten, der Nationalfahne aus Papier, Personenaufnahmen vom Jahrmarkt oder von der Villa de Guadelupe. Nicht so Manuelita. Ihr Herd, ihr Tongeschirr, ihr Sack mit Kohlen, das Essen für jeden Tag und ein Zimmer mit einer Pritsche. Weiter nichts.

»Du bist doch drin gewesen. Was hat sie, was versteckt sie?«

»Nichts.«

»Was tut sie?«

»Nichts. Sie tut alles außerhalb ihres Zimmers. Jeder kann sie sehen, bei den Blumenkübeln, den Besorgungen, den Hunden und den Kanarienvögeln. Wenn ihr übrigens so mißtrauisch seid, warum laßt ihr sie euch die Geranien begießen und die Vogelkäfige zudecken? Habt ihr keine

Angst, daß die Blumen eingehen und die Vögelchen sterben?«

Wie trödelig sind die Spazierfahrten mit Rosa María, nicht zu glauben, dreizehn Jahre ist die alt und hat weniger Kräfte als Dõna Manuelita, muß an den Ecken, an jeder Straßenkreuzung um Hilfe bitten, um den Rollstuhl auf den Gehsteig zu heben. Die Alte konnte das allein. Wenn sie mit ihm fuhr, war es der Niño Luisito, der redete, wenn sie durch die Tacuba, Donceles, González Obregón und über den Platz von Santo Domingo fuhren, er war es, der die Stadt beschrieb, wie sie zur Zeit der Kolonie gewesen war, er erzählte der Alten, wie die spanische Stadt gebaut worden war, wie ein Schachbrett angelegt, auf den Ruinen der aztekischen Hauptstadt. Als Kind, erzählte er Doña Manuelita, hatte man ihn in die Schule geschickt, das war eine Qual, die grausamen Späße, der Krüppel, das Hinkebein, der Rollstuhl, der unter Gelächter und feigem Davonlaufen umgestoßen wurde, und er lag da und mußte warten, bis die Lehrer ihn wieder aufhoben. Deshalb hatte er gebettelt, bitte nicht, sie sollten ihn zu Hause lassen, Kinder waren grausam, so war es, er sagte das nicht bloß so, die Lektion hatte er schon gelernt, sollten sie ihn in Ruhe lassen, zu Hause lesen lassen, alle gingen arbeiten außer seiner Mutter Lourdes und seiner Schwester Rosa María, sollten sie ihn allein lesen und sich selber weiterbilden lassen, in Gottes Namen. Die Beine würde man ihm in keiner Schule mehr heilmachen, bestimmt, er würde besser allein lernen, wirklich, man könnte ja eine Sammlung für ihn veranstalten, damit er sich Bücher kaufen könnte, später würde er auf eine Berufsschule gehen, das versprach er, aber dann mit Erwachsenen, mit denen er reden und von denen er ein wenig Mitleid erwarten könnte. Kinder wissen nicht, was das ist.

Doña Manuelita, ja, die wußte es. Wenn sie den Rollstuhl an häßliche Stellen schob, auf die leeren, häuserlosen Grundstücke am Canal del Norte, rechts von dem kleinen Platz von Peralvillo, dann war sie es, die redete und ihm die Hunde zeigte, da gab es mehr Hunde als Menschen, streunende Hunde ohne Herren, ohne Halsband, Hunde, weiß der Himmel wo geworfen, geboren aus einer Straßenbegegnung von anderen Hunden, die genau so waren wie sie, einem Hund und einer Hündin, ineinander verklammert nach dem Decken, verhakt wie zwei Glieder einer räudigen Kette, während die Bengels aus der Nachbarschaft grienten und Steine nach ihnen warfen, und danach wieder getrennt für immer und ewig, wie sollte die Hündin ihren Hund wiedererkennen, wenn sie allein ihre Jungen warf, auf irgendeinem Grundstück, ihren Wurf Welpen, die sie am zweiten Tag nach der Geburt verließ? Wie sollte sich die Hündin an ihre eigenen Hundchen erinnern?

»Denk doch bloß mal, Niño Luis, denk mal, wenn die Hunde sich aneinander erinnern würden, stell dir bloß mal vor, was dann passierte.«

Was für ein geheimer Schauder voll kalter Lust kroch dem Niño Luis durch die Wirbelsäule, wenn er sah, wie die Lümmels in Peralvillo die Hunde mit Steinen bewarfen, sie scheuchten, sie zuerst zu wütendem Bellen brachten, danach zu Schmerzgeheul und endlich zu Winseln, wenn sie mit blutenden Köpfen, den Schwanz zwischen den Beinen, mit ihren gelben Augen und dem kahlen Fell fortrannten, weit fort, sich verloren auf den menschenleeren Flächen unter der sengenden Sonne aller Morgen von Mexiko. Die Hunde, die Bengels, alle wund von der Sonne. Wo fraßen sie? Wo schliefen sie?

»Sieh mal, Niño Luis, wenn du Hunger hast, kannst du bitten. Der Hund kann das nicht. Der Hund muß sich nehmen, wo er was findet.«

Aber dem Niño Luis tat es weh, daß er bitten mußte, und er mußte bitten. Man sammelte für ihn, und man verschaffte ihm die Bücher. Er wußte, daß es früher in dem großen Haus in Orizaba Bücher mehr als genug gegeben hatte, die der Urgroßvater sich aus Europa schikken ließ, und dann fuhr er nach Veracruz, um die Sendungen mit illustrierten Magazinen und Abenteuerbüchern in Großformat zu erwarten, die er seinen Kindern während der langen Abende der Regenzeit vorlas. All das war nach und nach verkauft worden, in dem Maße, wie die Familie verarmte und schließlich in der Stadt Mexiko landete, denn hier gab es mehr Möglichkeiten als in Orizaba, und seinem Vater gab man einen Job als Archivar im Wirtschaftsministerium. Die Mietskaserne lag dicht beim Palacio Nacional, sein Vater ging jeden Tag zu Fuß dorthin, sparte den Bus, fast alle Büroangestellten mußten täglich von ihren Wohnungen in den entlegenen Stadtvierteln zwei oder drei Stunden zum Zócalo fahren und nach der Arbeit wieder zurück. Der Niño Luis merkte, wie mit den Jahren die Erinnerungen, die Traditionen der Familie verlorengingen. Seine älteren Brüder kamen schon nicht mehr über die Oberschule hinaus, sie lasen keine Bücher, einer arbeitete bei der Stadtverwaltung, der andere in der Schuhabteilung im *Palacio de Hierro*, gewiß, zusammen verdienten die drei genug, daß man in ein Häuschen in der Colonia Lindavista hätte ziehen können, aber das war so weit weg, hier dagegen, in der Mietskaserne in La Moneda, hatten sie die besten Zimmer, ein Wohn- und drei Schlafzimmer, mehr als jeder andere. Und in so einem Haus, das vor Jahrhunderten ein Palast gewesen war, wurde es dem Niño Luis leichter, sich manche Dinge auszudenken und an andere sich zu erinnern.

Wenn die Hunde sich erinnern könnten, sagte Doña Manuelita, aber wir vergessen auch die anderen und uns selbst, erwiderte der Niño Luisito. Zur Abendbrotzeit erinnerte er sich gern an das große Haus in Orizaba, das eine weiße Front mit vergitterten Fenstern hatte und hinten zu einem modrigen Hang abfiel, wo es nach Mangroven und schwarzen Bananen roch. Am Fuß des Hangs war das ständige Rauschen eines ungestümen Wildbachs zu hören, und dahinter, oberhalb, rund um Orizaba, stiegen die riesigen Berge hoch, so zum Greifen nahe, daß sie einem fast Angst machten. Als ob man neben einem nebelumkränzten Riesen wohnte. Und es regnete, es regnete unaufhörlich.

Die anderen sahen ihn ganz sonderbar an, sein Vater, Don Raúl, senkte den Kopf, seine Mutter seufzte und wiegte den ihren, ein Bruder lachte offen heraus, der andere tippte sich mit dem Zeigefinger an die Schläfe, der Niño Luisito ist nicht ganz dicht, woher hat der das alles, er ist doch nie in Orizaba gewesen, alles Spinnereien, die Familie ist doch schon vor vierzig Jahren nach Mexiko gekommen, und Rosa María hörte ihm gar nicht zu, sie aß weiter, und ihre kirschrunden Äuglein waren wie aus Stein, ohne Erinnerung. Wie weh tat es dem Niño Luisito, daß er um alles betteln mußte, um die Bücher, um die Erinnerung, ich vergesse nicht, ich sammle Postkarten, da ist ein Koffer voll mit alten Fotos, als Kommode wird er benutzt, ich weiß, was da drin ist.

Doña Manuela wußte das alles, denn der Niño Luisito hatte es ihr erzählt, bevor sie ihn nicht mehr spazierenfahren durfte. Wenn sie allein in ihrem Zimmer auf der Pritsche lag, dann versuchte sie sich schweigend mit dem Jungen in Verbindung zu setzen, indem sie sich an das gleiche wie er erinnerte.

»Stell dir vor, Manuelita, wie die Mietskaserne früher aussah.«

Das war die andere Erinnerung des Niño Luisito; als ob

die Vergangenheit dieser Mietskaserne, in der zwölf Familien wohnten, die Erinnerung an das Einzelhaus ergänzte, das in Orizaba, das nur einer einzigen Familie, seiner, gehört hatte, als sie noch einen gewichtigen Namen trug.

»Stell dir vor, das waren Paläste.«

Die alte Frau gab sich große Mühe, sich an das, was der Junge ihr erzählte, zu erinnern und sich dann wie er und mit ihm zusammen einen herrschaftlichen Palast vorzustellen, mit einer Vorhalle ohne Losverkauf, mit einer Front aus behauenem Stein, ohne billige Kleiderläden, ohne Geschäft für Brautkleider, Fotos, Gemischtwaren, ohne all die Reklamen, die die ehemalige Herrschaftlichkeit des Gebäudes verunzierten. Ein reiner, strenger, edler Palast, ohne die Wäscheleinen und Spülsteine auf dem Hof, mit dem raunenden Brunnen in der Mitte, der steinernen Freitreppe, mit dem Erdgeschoß für die Dienerschaft, für die Pferde, die Küchen und Vorratskammern für das Korn und mit den Gerüchen nach Stroh und Eingemachtem.

Und im Oberstock, woran erinnerte sich der Niño Luisito da? Ja, an Säle, die nach Wachs und Firnis dufteten, Cembalos, sagte er, Bälle und Diners, Schlafkammern mit kühlem Ziegelfußboden, Betten mit Moskitonetzen, Spiegelschränke, Kerzenhalter. So redete, für sich allein, aus der Entfernung, Doña Manuelita mit dem Niño Luisito, nachdem man sie getrennt hatte. So unterhielt sie sich mit ihm, erinnerte sich an das gleiche wie er, und so vergaß sie das Eigene, das Haus, in dem sie ihr Leben lang gearbeitet hatte, bis sie alt geworden war, das Haus des Generals Vergara in der Colonia Roma, fünfundzwanzig Jahre Dienst, bis sie auf den Pedregal umzogen. Keine Zeit hatte sie mehr gehabt, sich mit dem Niño Plutarco anzufreunden, die neue Señora Evangelina starb wenige Jahre nach ihrer Heirat, ihre Herrin Doña Clotilde war schon vorher gestorben, Manuela war erst fünfzig, als sie entlassen wurde, sie erinnerte den General an zu vieles, darum entließ er sie. Er war großzügig und bezahlte ihr weiter die Miete in dem Mietshaus in La Moneda.

»Verleb deine letzten Jahre in Frieden, Manuela«, hatte der General Vergara zu ihr gesagt, »immer, wenn ich dich sehe, muß ich an meine Clotilde denken, leb wohl.«

Doña Manuelita biß sich auf einen gelben, knotigen Finger, wenn sie an diese Worte ihres Herrn dachte, diese Erinnerungen kamen ihr zwischen die, welche sie mit dem Niño Luisito teilte, sie hatten nichts damit zu tun, Doña Clotilde war tot, eine Heilige war das gewesen, mitten in der Religionsverfolgung, und wo der General doch eine einflußreiche Persönlichkeit war, zur Zeit von Calles, da feierte sie die Messe im Keller des Hauses, jeden Tag beichteten Doña Clotilde, die Magd Manuelita und die Tochter der Magd, die Lupe Lupita, und empfingen die Absolution. Der Priester kam als Bauer verkleidet mit einer Arzttasche, darin war seine Priesterkleidung, die Monstranz, der Wein und die Hostien, Pater Téllez, ein ganz junger Pfarrer, ein Heiliger, den die heilige Doña Clotilde vor dem Tod gerettet hatte, ihn versteckte, als alle seine Freunde an die Wand gestellt wurden, frühmorgens erschossen, die Arme zum Kreuz ausgebreitet, die Fotos hatte sie im *Universal* gesehen.

Deshalb traf es sie, als der General sie entließ, es war, als ob er sie umbringen wollte. Sie hatte Doña Clotilde überlebt, sie erinnerte sich an so vieles, der General wollte mit seiner Vergangenheit allein bleiben. Vielleicht hatte er Recht, vielleicht war es besser für beide, den Herrn und die Magd, auseinanderzugehen, jeder mit seinen geheimen Erinnerungen, ohne daß der eine Zeuge des anderen war, besser so. Sie biß sich auf den gelben, knotigen Finger, der General blieb allein mit seinem Sohn und seinem Enkel.

Manuelita hatte ihre Tochter verloren, sie nie wiedergesehen, bloß, weil sie in dieses verdammte Mietshaus gekommen waren, die Einsamkeit der Niña Lupita zerbrach, bei der Herrschaft hatte sie niemanden zu sehen bekommen, hatte gar nicht das Erdgeschoß zu verlassen brauchen, hatte ungestört in ihrem Rollstuhl fahren können. In der Mietskaserne war das ausgeschlossen, die Übereifrigen, die Wichtigtuer wollten sie die Treppe hinauf- und hinuntertragen, sie sollte doch Sonne bekommen, Luft, auf die Straße fahren, weggenommen haben die sie mir, gestohlen haben die sie mir, das sollen die mir noch bezahlen. Die Lippen sogar blutig gebissen hatte sich Doña Manuelita mit den Eckzähnen, die ihr noch geblieben waren. Sie mußte an den Niño Luisito denken. Die Lupe Lupita würde sie nie wiedersehen.

»Fahr mich auf das freie Grundstück da, wo sich die Hunde treffen«, hatte der Niño Luisito Rosa María gebeten.

Ein paar Maurer waren dabei, eine Trennmauer auf dem leerstehenden Grundstück am Canal del Norte zu errichten. Aber sie fingen gerade erst an, Betonwände an einer Seite hochzuziehen, und da verlangte der Niño Luisito von Rosa María, woanders hinzufahren, fort von den Arbeitern. Es waren jetzt keine Kinder mehr da, große Lümmels in Overall und gestreiften T-Shirts lachten sich tot, hatten sich einen Hund gefangen, der war so grau wie die Mauer, die da gebaut wurde, die Arbeiter sahen von weitem zu, sie hantierten mit ihren Schaufeln und ihrem Mörtel, sie sahen zu und stießen sich ab und zu mit den Ellbogen an. Hinter ihnen der Lärm der Armee von Bussen, die sich an dem runden Platz von Peralvillo stauen. Personenbusse, Lastwagen mit offenem Auspuff, Rauch, irres Gehupe, ein unablässiger Radau. In Peralvillo hatte der Zug den Niño Luisito erfaßt, die letzte Straßenbahn der Stadt

Mexiko, und ausgerechnet die mußte ihn überfahren. Die Lümmel hielten dem Hund die Schnauze zu, andere hatten ihn an den Pfoten gepackt, und einer von ihnen schnippelte ihm mühsam den Schwanz ab, ein Strahl von Blut und grauen Haaren, besser wäre ein sauberer schneller Schnitt mit der Machete gewesen.

Sie hatten Schwierigkeiten, den zerfaserten Schwanz abzuschneiden, Fleischfetzen blieben hängen, und ein Blutgerinnsel verlief sich in den vom After ausgehenden, schwächer werdenden Zuckungen. Aber die anderen Hunde dieser Meute, die sich jeden Morgen auf dem leeren Grundstück zusammenfand, wo die Arbeiter nun den Zaun errichteten, waren nicht weggelaufen. Alle Hunde standen da zusammen, weit weg, aber zusammen, und sahen die Qual des grauen Hundes, stumm, mit geifernden Lefzen, Sonnenhunde, sieh mal, Rosa María, sie laufen nicht weg, sie stehen auch nicht nur verschreckt da, als ob sie darauf warteten, daß sie drankämen, nein, Rosa María, schau, sie sehen sich an, sie sagen sich etwas, sie denken daran, was einem von ihnen angetan wird, Doña Manuelita hat Recht, diese Hunde werden sich an den Schmerz eines von ihresgleichen erinnern, wie einer von ihnen durch ein paar feige Lümmels gelitten hat, aber die kirschrunden Augen Rosa Marías waren wie Stein, ohne Gedächtnis.

Doña Manuelita spähte durch ihre Türgardine, als das Mädchen ihren Bruder heimwärts schob, so gegen ein Uhr. Von weitem sah sie den Staub auf den Schuhen und wußte, daß die Kinder auf das Hundegrundstück gegangen waren. Abends zog die Alte ihr Tuch über den Kopf, füllte ihre Einkaufstasche mit trockenen Tortillas und alten Lumpen und ging auf die Straße.

An der Tür wartete ein Hund auf sie. Er sah sie mit gläsernen Augen an und winselte, bettelte, sie solle ihm folgen. An der Ecke der Vidal Alcocer schlossen sich ihnen noch etwa fünf Hunde an und entlang der Guatemala noch mehr, ein Sammelsurium, braune, bunte, schwarze, an die zwanzig, die um sie herumwedelten, während Doña Manuelita trockene, schon grünschimmelige Tortillas unter sie verteilte. Sie wimmelten um sie herum, und dann liefen sie vor ihr her, zeigten ihr die Richtung, folgten ihr, stießen sie sanft mit ihren Schnauzen an, mit steif gespitzten Ohren, bis sie an die Gitter vor der Kathedrale kamen. Von weitem sah die Alte den grauen Hund, er lag neben der holzgeschnitzten Tür, unter dem barokken Vordach des Portals.

Doña Manuela und ihre Hunde betraten den großen gefliesten Vorhof, und die Alte setzte sich zu dem wunden Hund, du bist doch der, den sie Schleierauge nennen, nicht wahr, du armer einäugiger Hund, blind, sieh einer an, sei froh, daß du ein totes Auge hast, so blau wie der Himmel, damit du bloß die Hälfte dieser Welt sehen kannst, gelobt sei Gott, sieh bloß an, wie sie dich zugerichtet haben, komm her, Schleierauge, auf meinen Schoß, ich werde dir deinen Schwanz verbinden, verdammte Kerle, Gauner, Hurensöhne, bloß weil ihr euch nicht wehren könnt, nicht sprechen und nicht um Hilfe rufen, weiß der Himmel, ob sie den armen Viechern so was antun, um es einander nicht anzutun, oder ob sie sich bloß an euch üben für das, was sie selber morgen tun werden, wer weiß, wer weiß, laß mal sehen, Schleierauge, mein Hündchen, ich kenn' dich doch, seitdem du auf der Welt bist, ausgesetzt in einer Mülltonne, deine Mutter kam nicht mal dazu, dich abzulecken, sie haben dich gleich zum Abfall geschmissen, da hab' ich dich rausgeholt, so, na, geht's dir schon besser? Mein armer Kleiner, ausgerechnet dich haben sich die Feiglinge ausgesucht, den armseligsten meiner Hunde, kommt, wir wollen danken, wir wollen für die Gesundheit aller Hunde bitten, wir wollen beten, da drinnen, im Haus unseres Herrgotts, des Schöpfers aller Dinge.

Leise, mit Streicheln, gebückt, noch krummer als sonst, mit sanften Worten betrat an jenem Spätnachmittag Doña Manuela, umringt von ihren zwanzig Hunden, die Kathedrale von Mexiko, es gelang ihr, sie bis an den Hochaltar zu bringen, es war die beste Zeit, nur ein paar Betschwestern und ein paar Strohsandalen-Indianer waren da, die mit ausgebreiteten Armen gen Himmel blickten. Doña Manuelita kniete vor dem Tabernakel nieder und betete laut, ein Wunder, Herr, gib den Hunden Stimme, gib ihnen die Möglichkeit, sich zu wehren, sich zu erinnern und sich an alle zu erinnern, die sie quälen, Herr, der du am Kreuz gelitten hast, hab Mitleid mit deinen Hundchen, verlaß sie nicht, gib ihnen Kraft, sich zu wehren, wenn du schon den Menschen nicht die Barmherzigkeit gegeben hast, diese armen Viecher gut zu behandeln, mein Herr Jesus Christus, wahrer Gott und wahrer Mensch, zeig, daß du all das bist, indem du all deinen Geschöpfen das gleiche gibst, nicht den gleichen Reichtum, das nicht, um soviel bitte ich nicht, nur die gleiche Barmherzigkeit, um einander zu verstehen, oder, wenn das nicht geht, die gleiche Kraft, um sich zu wehren, hab nicht einige Geschöpfe lieber als andere, Herr, denn die du weniger geliebt hast, die werden dich weniger lieben und werden sagen, daß du der Teufel seist.

Ein paar Betschwestern zischten, eine forderte scharf Ruhe, noch eine schrie, mehr Achtung vor dem Haus des Herrn, und dann kamen die Ministranten und zwei Pfarrer zum Altar gelaufen, außer sich, was für ein Sakrileg, eine alte Irre und ein Haufen räudiger Hunde. Doña Manuelita, wie sollte sie das merken, nie hatte sie entzücktere Augenblicke erlebt, nie so hübsche und so tiefempfundene Worte gesprochen, beinah so schöne, wie ihre Tochter Lupe sie sprechen konnte. Da kniete die Alte, selig, in Wonne gebadet, vom Abendlicht umflossen, das aus der hohen Kuppel herabrieselte, sich tausendfach auf den Reflexen der silbernen Orgelpfeifen und dem schimmernden Firnis der Bankreihen brach. Und Gott, zu dem sie redete, gab ihr Antwort und sagte:

»Manuela, du sollst an Mich glauben, obwohl die Welt ungerecht und grausam ist. Das ist die Prüfung, die Ich dir sende. Wäre die Welt vollkommen, dann brauchtest du nicht an Mich zu glauben, verstehst du das?«

Aber schon zerrten die Pfarrer und die Ministranten sie vom Altar fort, scheuchten die Hunde hinaus, ein Ministrant schlug außer sich vor Wut auf das Viehzeug mit einem Kruzifix ein, und ein anderer schwang ein Räucherfaß über sie, um sie wegzuschrecken. Allesamt fingen sie an zu bellen, und Doña Manuela, übel zugerichtet, blickte auf die Glassärge mit den wächsernen Christusfiguren, die noch übler zugerichtet waren als sie oder ihr Hund, das Schleierauge, Blut deiner Dornen, Blut aus deiner Seite, Blut deiner Füße und Hände, Blut deiner Augen, mein herzliebster Christus, wie haben sie dich zugerichtet, was sind unsere Leiden vor den deinen? Warum läßt du nicht mich und meine Hunde unsern kleinen Schmerz heraussagen, hier in deinem Haus, das groß genug ist, daß dein und unser Schmerz darin Platz haben?

Mit dem Gesicht auf den Fliesen des Atriums liegend, alle Hunde um sie herum, war ihr so elend zumute, weil sie den Priestern nicht die Wahrheit erklären konnte, und dann schämte sie sich, als ihr Blick auf die starren, verständnislosen Augen des Niño Luisito und Rosa Marías fiel. Bei ihnen war ihre Mutter, die Señora Lourdes. Sie, ja, ihr Blick, der sagte deutlich, da seht ihr's, was die alte Manuela für eine ist, was ich immer gesagt habe, man muß sie aus dem Haus werfen, wie die Priester sie aus dem Gotteshaus geworfen haben. In dem entrüsteten Vorwurf jener Augen sah Doña Manuelita Drohung, Klatsch, wiederum das, woran alle sich erinnerten, was sie versucht hatte zu vergessen und die anderen vergessen zu lassen mit ihrem Taktgefühl, ihrem Anstand, ihrem eifrigen täglichen Tun, die Geranien zu gießen, die Kanarienvögel zuzudecken.

Luisito blickte rasch von den Augen seiner Mutter zu denen von Señora Manuela, dann schob er sich, beide Hände auf den Rädern des Rollstuhls, bis dahin, wo die Alte lag. Er streckte die Hand aus und reichte ihr ein Taschentuch.

»Da nimm, Manuela. Du hast eine Wunde an der Stirn.«

»Danke, aber bring dich meinetwegen nicht in Ungelegenheiten. Geh zu deiner Mama zurück. Sieh bloß, wie böse sie zu uns herüberschaut.«

»Das ist mir egal. Ich möchte, daß du mir verzeihst.«

»Wofür denn, Niño?«

»Immer, wenn ich zu dem Grundstück da fahre und zusehe, wie sie die Hunde quälen, spüre ich so einen angenehmen Kitzel.«

»Aber Niño Luis.«

»Ich sag' mir, daß sie die Prügel für mich kriegen. So, als ob die Hunde immer zwischen den anderen Jungen und mir stünden und für mich litten. Bin ich nicht ein ganz übler Feigling, Manuela?«

Wer weiß, murmelte die Alte verwirrt, während sie sich mit Niños Taschentuch das Blut von der Stirn wischte, wer weiß, und mühselig rappelte sie sich auf, stützte sich mit der einen Hand auf den Boden, mit der anderen auf das Knie, strich mit beiden über ihren vorgewölbten Bauch und hielt sich dann an der Armlehne des Rollstuhls fest, richtete sich auf wie eine Bildsäule aus Lumpen, die aus der allerobersten Nische des Heiligtums heruntergefallen war, wer weiß, kannst du etwas tun, damit die Hunde dir verzeihen?

Ich bin vierzehn, fast fünfzehn, ich kann mit ihnen reden wie ein Erwachsener, sie werden immer Niño zu mir sagen, weil ich nie richtig groß sein werde, ich werde in meinem Rollstuhl sitzen und immer kleiner werden, bis ich sterbe, aber heute bin ich vierzehn, fast fünfzehn, und kann wie ein Erwachsener mit ihnen reden, und sie müssen mir zuhören, viele Male wiederholte er sich diese Worte, als er an jenem Abend vor dem Essen die Fotos durchsah, die Postkarten, die Briefe aus dem Koffer, der nun als Truhe diente, denn alles mußte doppelt genutzt werden in diesen Mietshauszimmern, die vormals zu einem Palast gehört hatten und nun heruntergekommenen Familien als Zuflucht dienten, die hier mit ehemaligen Dienstboten zusammen hausten, sie, die in Orizaba reich gewesen waren, und Manuelita, die bloß als Magd in einem reichen Haus gedient hatte, das wiederholte sich der Niño Luis auf seinem Platz an dem Tisch, der sowohl als Eßtisch wie als Küchentisch diente, für die Schulaufgaben wie für die Extrastunden, in denen sein Vater es mit Buchhalterarbeiten schaffte, sie jeden Monat über die Runden zu bringen.

Schweigend saß er da und wartete, daß jemand zuerst reden sollte, er starrte auf seine Mutter, forderte sie heraus anzufangen, zu erzählen, hier beim Abendessen, was Doña Manuela an dem Nachmittag geschehen war, womit hier der Klatsch seinen Anfang nehmen und was morgen das ganze Haus wissen würde: Sie haben sie aus der Kathedrale hinausgeprügelt mitsamt ihren Hunden. Niemand sprach, denn Señora Lourdes, wenn die ein eisiges Schweigen verbreiten wollte, wußte allen zu bedeuten, daß nun kein Augenblick für Scherze war, daß sie sich das

Recht vorbehielt, etwas sehr Schwerwiegendes anzukündigen.

Sie schenkte allen ein säuerliches Lächeln, ihrem Ehegatten Raúl, den beiden älteren Söhnen, die ungeduldig darauf warteten, mit ihren Freundinnen ins Kino zu gehen, Rosa María, die fast umfiel vor Müdigkeit, aber sie wartete, bis sich alle von dem Reis mit Erbsen genommen hatten, um wieder dieselbe Geschichte zu erzählen, die immer hervorgeholt wurde, um Doña Manuelitas Schlechtigkeit zu beweisen, wie sie ihre eigene Tochter, die Lupe Lupita, glauben ließ, sie sei als Kind gefallen und darum verkrüppelt und müsse nun für immer in einem Rollstuhl sitzen, reine Lüge, die hatte überhaupt nichts, reiner Egoismus und Bosheit von der Manuela, um das Mädchen immer bei sich zu behalten, um nicht allein zu bleiben, auch wenn sie damit ihrer eigenen Tochter das Leben ruinierte.

»Gott sei dank, Pepe«, sagte Doña Lourdes zu ihrem Ältesten, »hast du etwas geahnt und sie überredet, sie sollte aus dem Rollstuhl steigen und zu gehen versuchen, und hast es ihr gezeigt. Dank dir, mein Sohn, ist die Lupe Lupita den Klauen ihrer Mutter entkommen.«

»Mein Gott, Mama, das ist doch längst vorbei, erzähl das bitte nicht immer wieder«, erwiderte Pepe und wurde rot wie jedesmal, wenn die Mutter diese Geschichte erzählte, während er sich den winzigen Schnurrbart strich.

»Darum habe ich verboten, daß Luis mit der Manuela zusammentrifft. Und nun, heute nachmittag ...«

»Mama«, unterbrach Luis, »ich bin fast fünfzehn, ich bin vierzehn, Mama«, er stockte, »ich kann wie ein Erwachsener mit euch reden«, und er sah in das Gesicht seines Vaters, das zusammengefallen war vor Erschöpfung, in das verschlafene Gesichtchen Rosa Marías, eines kleinen Mädchens ohne Gedächtnis, in die dümmlichen

Gesichter seiner Brüder, den unmöglichen Stolz, die hochmütige Angst auf dem schönen Gesicht seiner Mutter, keiner hatte diese hohen, harten, unzerstörbaren Wangenknochen geerbt.

»Mama, damals, als ich von der Treppe fiel ...«

»Das war ein Versehen, niemand hatte Schuld ...«

»Das weiß ich, Mama, das meine ich nicht. Woran ich mich erinnere, das ist, daß die ganze Nachbarschaft aus den Fenstern schaute, um zu sehen, was los sei. Ich schrie, ich hatte mich wahnsinnig erschrocken. Aber alle blieben, wo sie waren, starrten nur, sogar du. Nur sie kam angelaufen und hob mich auf. Nur sie nahm mich in die Arme, sah nach, ob ich verletzt sei, und streichelte mir den Kopf. Von den anderen hab' ich die Gesichter gesehen, Mama. Nicht eins, das mir hätte helfen wollen, im Gegenteil, Mama. Alle wünschten in dem Augenblick, ich möchte sterben, sie wünschten es, sagen wir mal, aus Mitleid, armes Kerlchen, damit er nicht mehr leidet, besser so, was kann ihm das Leben noch bieten? Sogar du, Mama.«

»Du lügst, noch schlimmer, du spinnst ganz bösartig!«

»Ich bin ganz dumm, Mama. Verzeih, du hast Recht. Doña Manuelita braucht mich, weil sie die Lupe Lupita verloren hat. Sie möchte mich an ihre Stelle setzen.«

»Genau. Merkst du das endlich?«

»Nein. Das habe ich immer gewußt, wenn ich auch erst jetzt die Worte finde, um es auszudrücken. Wie schön zu wissen, daß man gebraucht wird, wie schön zu wissen, daß ohne einen jemand anders sehr allein wäre. Wie schön, jemanden zu brauchen, wie die Manuela ihre Tochter, wie ich die Manuela, wie du jemanden, Mama, wie alle Leute ... Wie sehr brauchen die Manuela und ihre Hunde einander, so wie wir alle irgend etwas brauchen, selbst wenn es nicht die Wahrheit ist, uns Briefe zu schreiben, zu sagen, daß es uns nicht schlecht ergangen ist, im Gegenteil, wir wohnen in Las Lomas, nicht wahr? Papa hat eine Fabrik, meine Brüder sind Rechtsanwälte, Rosa María geht in Kanada auf eine Nonnenschule, ich bin dein Stolz, Mama, Nummer eins in der Klasse, bester Reiter, ich, Mama ...«

Don Raúl lachte leise und nickte.

»Was du immer gewollt hast, Lourdes, wie gut dich dein Sohn kennt ...«

Die Mutter wandte ihren Blick hochmütiger Verzweiflung nicht vom Niño Luis, sie leugnete, leugnete mit all der Kraft, deren ihr Schweigen fähig war, und der Vater wiegte immer noch den Kopf, jetzt verneinend.

»Schade, daß ich dir nichts von alledem habe geben können.«

»Du hast mich nie klagen hören, Raúl.«

»Nein«, erwiderte der Vater, »nie, aber einmal, am Anfang, da hast du aufgezählt, was du alles gern gehabt hättest, ein einziges Mal, vor über zwanzig Jahren, das hab' ich nie vergessen, obwohl du es nie wiederholt hast.«

»Ich habe es nie wiederholt«, sagte Señora Lourdes, »ich habe dir nie einen Vorwurf gemacht«, und sah mit wildem Flehen den Niño Luis an.

Aber nun sprach der Junge von Orizaba, von dem großen Haus, von den Fotos und Postkarten und Briefen, er war nie dagewesen, darum mußte er sich alles vorstellen, die Balkons, den Regen, den Berg, die Schlucht, die Möbel in einem reichen Haus von damals, die Bekanntschaften solch einer Familie, die Verehrer. Warum sucht man sich jemanden vor anderen zum Heiraten aus, Mama? Bereut man das nie, hängt nie Phantasien nach, wie es mit einem anderen hätte sein können, und schreibt dem dann Briefe und läßt ihn glauben, daß alles gut gegangen sei, daß man nicht falsch gewählt habe? Ich bin vierzehn, ich kann als Erwachsener mit euch reden ...

»Ich weiß nicht«, sagte Don Raúl, als ob er aus einem Traum erwachte, als ob er der Unterhaltung nicht so recht gefolgt wäre, »uns alle hat die Revolution entwurzelt, für einige wurde es besser, für andere schlechter. Es gab eine Art des Reichseins vor und eine andere nach der Revolution. Wir waren auf die altmodische Art reich, wir sind nicht mitgekommen, da ist nichts zu machen«, und er lachte leise, wie er immer lachte.

»Die Briefe habe ich nie abgeschickt, das weißt du sehr wohl«, sagte Señora Lourdes mit gepreßter Stimme zum Niño Luis, als sie ihn wie jeden Abend in dasselbe Bett wie Rosa María legte, die schon am Tisch eingeschlafen war ...

»Danke, Mama, danke, daß du nichts von der Manuela und ihren Hunden erzählt hast«, und er küßte sie zärtlich.

Den ganzen folgenden Tag wartete Doña Manuelita auf das Schlimmste und achtete ständig auf Zeichen von Feindseligkeit. Deshalb vielleicht wurde sie gewahr, ganz frühmorgens, wenn sie ihre Wäsche von der Leine nahm, oder später, wenn sie die Geranien begoß, daß viele Augen sie beobachteten, Gardinen sich heimlich teilten, halboffene Fensterläden sich eilig schlossen, viele dunkle Augen, mit schweren Altersschleiern verhangen die einen, jung, kugelrund und feucht die anderen, insgeheim zu ihr hinschauten, auf sie warteten, ohne es ihr zu sagen, billigten, daß sie diese Arbeit tat, als ob sie damit für das von der Lupe Lupita Vergebung erlangte, Doña Manuelita merkte auf einmal, jawohl, sie tat ihre Pflicht, damit man es ihr dankte, damit man ihr keinen Vorwurf machte. Mehr als je zuvor hatte sie heute dieses Gefühl, aber dabei wurde ihr klar, daß es etwas Beständiges war, alle hatten sich wortlos darüber geeinigt, ihr dafür dankbar zu sein, daß sie die

Geranien begoß und die Vögel zudeckte, niemand würde darüber reden, was in der Kathedrale passiert war, niemand würde sie demütigen, alle würden ihr alles verzeihen.

An diesem Tag verließ Doña Manuela ihr Zimmer nicht. Sie hatte sich davon überzeugt, daß nichts passieren würde, aber die Erfahrung riet ihr, auf der Hut zu sein, sehr adleräugig, Doña Manuelita, aufgepaßt, den schlafenden Krebs schwemmt die Flut fort, da gibt's kein Pardon. Wie sie da in ihrem Zimmer und in ihrer Küche hockte, überkam sie an diesem Tag eine sonderbare Bitterkeit, die sie sonst nicht kannte. Wenn die Leute aufgehört hatten, schlecht von ihr zu denken, warum hatten sie ihr das nicht eher gezeigt? Warum erst jetzt, wo man sie in der Kathedrale gedemütigt hatte, achteten sie alle Leute in der Mietskaserne? Das begriff sie nicht, nein, das verstand sie einfach nicht. Wieso hatte diese Señora Lourdes, die Mutter von Luis und Rosa María, nicht geklatscht?

Sie legte sich auf ihre Pritsche, betrachtete die kahlen Wände und dachte an ihre Hunde, wie die, dank ihr, durch sie, sich Nachrichten zutrugen, miteinander sprachen, mit ihr sprachen, man hat das Schleierauge verwundet, der kauert am Gotteshaus, schlimm verwundet ist der Arme, wir wollen mal unsern Herrgott bitten, daß man uns nicht mehr verfolgt und quält, Doña Manuela.

Ebenso ging es mit dem Niño Luisito, sie spürten einander, sie spürte ihn, er mußte sie gleichfalls spüren, sie hatten so viele Dinge gemeinsam, vor allem einen Rollstuhl, den von Luisito, den von der Lupe Lupita. Der junge Pepe, der Bruder des Niño Luis, der hatte die Lupe Lupita aus ihrem Rollstuhl gehoben. Die Manuela hatte sie da hineingesetzt, um sie zu schützen, nicht, weil sie Gesellschaft brauchte, ein Dienstmädchen ist immer allein, schon weil sie ein Dienstmädchen ist, nein, um sie vor diesen Gelüsten, diesen Blicken zu schützen. Der General Vergara mit seinem schlimmen Ruf, sein Sohn, der Niño Tin, das war ein Schürzenjäger, nein, die sollten ihr die Lupe Lupita nicht anrühren, bei einer Invalidin würde sich niemand trauen, das wäre ja widerlich, eine Schande, weiß der Himmel ...

»Jetzt werde ich's dir sagen, Kind, jetzt, wo du fort bist für immer, es war, um dich zu schützen, ich hab dich immer vor dem schlimmen Los einer hübschen Dienstmädchentochter bewahren wollen, deshalb hab ich dich so genannt, zweimal, Lupe Lupita, doppelt Jungfrau, zweimal beschützt, mein Töchterchen.«

Es war ein sehr langer Tag, und Doña Manuelita wußte, daß man nur warten konnte. Er würde schon kommen, der Moment, es würde sich schon bemerkbar machen, das Zeichen. Er würde sich schon spüren lassen, der andere, ihr Freund, Luisito. Soviel hatten sie gemeinsam, den Rollstuhl, seinen Bruder Pepe, der die Lupita verschandelt hatte, ihr nur noch einen Namen ließ, für immer war ihr kleines Mädchen fort.

»Jetzt sag ich dir das, Lupe, wo ich dich nie wiedersehen werde. Ich wollte dich schützen, denn du bist das einzige, was mir dein Vater gelassen hat. Das ist die Wahrheit. Ich hab deinen Scheißvater mehr geliebt als dich, und weil ich ihn verlor, hab ich dich geliebt wie ihn.«

Und da hörte sie das erste Bellen im Hof. Es war nach elf Uhr, aber Doña Manuela hatte noch nicht zu Abend gegessen, versunken in so viele Gedanken. Nie, noch nie war einer ihrer Hunde in den Hof gekommen, nur zu gut kannten sie die Gefahren, die ihnen dort drohten. Und ein zweites Bellen zu dem ersten. Die Alte zog ein schwarzes Umschlagetuch über den Kopf und trat aus ihrem Zimmer. Die Vögel waren unruhig. Sie hatte vergessen, sie zum Schlafen zuzudecken. Sie hüpften nervös herum, wagten nicht zu singen, wagten nicht zu schlafen, wie bei einer Sonnenfinsternis, die die Manuela schon zweimal in ihrem Leben mitgemacht hatte, wenn die Tiere und die Vögel ganz still werden, kaum daß die Sonne verschwindet.

Heute nacht dagegen schien der Mond, und es war eine frühlingshafte Wärme. Immer gewisser über den Sinn ihres Lebens, über die Rolle, die ihr beim Warten auf den Tod zugeteilt war, stülpte Doña Manuelita sorgsam die Hauben über die Käfige.

»So, schlaft ruhig, diese Nacht gehört nicht euch, das ist meine Nacht, schlaft ruhig.«

Sie beendete diese Arbeit, für die jedermann ihr dankbar war und die sie tat, damit man ihr dankbar wäre und damit alle in Frieden lebten, dann ging sie an die Stelle, wo die große Steintreppe sich nach unten senkte. Sie hatte es gewußt, dort wartete der Niño Luis in seinem Rollstuhl auf sie.

Es war alles ganz selbstverständlich. Es brauchte gar nicht anders zu sein. Der Niño Luis stand aus seinem Rollstuhl auf und bot Doña Manuela seinen Arm. Der Junge taumelte ein wenig, aber die Alte stützte ihn mit ihrer ganzen Kraft. Er war größer, als sie und er vermutet hatten, vierzehn Jahre, fast fünfzehn, schon ein junger Mann. Beide schritten die Treppe hinunter, der Niño Luisito hielt sich doppelt fest, an der steinernen Balustrade und an Manuelitas Arm, das waren die Paläste von Neuspanien, Manuelita, stell dir die Feste vor, die Musik, die Diener in Livree, die die sprühenden Kerzenleuchter hochhalten, den Gästen vorangehen in den Ballnächten, wobei sie sich ohne zu zwinkern die Fäuste an dem glühenden Wachs verbrennen, komm mit mir herunter, Manuela, wir gehen zusammen, Niño.

Die zwanzig Hunde der Señora Manuelita standen im

Hof, sie bellten allesamt, bellten vor Freude, alle, das Schleierauge, die Räudigen, die Hungrigen, die Hündinnen, von Würmern oder von Jungen geschwollen, wer weiß, die Zeit würde es an den Tag bringen, die Hündinnen, die vor kurzem noch mehr Junge geworfen hatten, mit am Boden schleifenden Zitzen, noch mehr Hunde, um die Stadt mit Waisen zu bevölkern, mit Mischlingen, mit Kinderchen der Jungfrau, die sich unter die barocken Vordächer des Heiligtums flüchteten; Doña Manuela faßte den Niño Luisito um die Taille und nahm ihn bei der Hand, die Hunde bellten glücklich, blickten den Mond an, als ob alle Mondnächte die erste Nacht der Welt seien, vor allem Schmerz, vor aller Grausamkeit, und Manuela führte Luisito, die Hunde bellten, aber das Dienstmädchen und der Junge hörten altertümliche Musik, die vor Jahrhunderten in diesem Palast erklungen war. Sieh die Sterne, Niño Luisito, die Lupe Lupita hatte immer gefragt, wann erlöschen die Sterne? Wird man das immer fragen, wo immer man auch ist? Natürlich, Manuela, natürlich fragt man das, tanze, Manuela, erzähl mir alles, während wir tanzen, wir sind gleich, deine Tochter und ich, die Lupe Lupita und Luisito, nicht wahr? Ja, ja, das ist wahr, da sind sie beide, jetzt sehe ich sie, eine Nacht voll Mondschein und Sterne, genau wie diese, und wir tanzen einen Walzer, wir zwei, beide gleich, und warten auf das, was nie kommt, was sich nie begibt, beide Traumkinder, in einem Traum gefangen. Geh nie nach draußen, Söhnchen, geh nicht auf die Suche, warte lieber, warte, aber die Lupita ist gegangen, Manuela, du und ich, wir bleiben hier, in der Mietskaserne, wir sind nicht sie und ich, wir sind du und ich, wir warten, worauf wartest du, Manuela, worauf wartest du außer auf den Tod?

Wie die Hunde bellen, darum scheint der Mond heut nacht, nur darum ist er aufgegangen, damit die Hunde ihn anbellen, und hör, Luisito, hör die Musik und laß mich dich führen, wie gut du tanzt, Niño, vergiß, daß ich ich bin, stell dir vor, du tanzt mit meiner schönen Lupe Lupita, du hast sie um die Taille gefaßt, und beim Tanzen atmest du den Duft meines kleinen Mädchens, hörst ihr Lachen, siehst ihre kleinen dummen Rehaugen, und ich stelle mir vor, daß ich mich noch an die Liebe erinnern kann, an meine einzige Liebe, Lupes Vater, Liebe einer Dienstmagd, im Dunkel, tappend, abwehrend, nächtens, aus einem Wort bestehend, tausendmal wiederholt.

»Nein ... nein ... nein ... nein ...«

Verzückt vom Tanzen, berauscht von so vielen Erinnerungen, stolperte Doña Manuelita und fiel. Mit ihr fiel der Niño Luisito, beide umarmt, lachend, indes die Musik verstummte und das Bellen lauter wurde.

»Versprechen wir, den Hunden zu helfen, Niño Luisito?«

»Das versprechen wir, Manuela.«

»Du kannst schreien. Der Hund nicht. Der nimmt.«

»Keine Sorge. Wir wollen ihnen immer helfen.«

»Es ist nicht wahr, was alle sagen, daß ich die Hunde liebe, weil ich meine Tochter nicht geliebt habe. Das ist nicht wahr.«

»Natürlich nicht, Manuela.«

Und da erst fragte sich Doña Manuelita, warum bei all dem Lärm von Hundegebell und Musik und Gelächter niemand ans Fenster gekommen war, sich keine Tür geöffnet, keine Stimme protestiert hatte. Hatte sie das auch ihrem kleinen Freund, dem Niño Luis, zu verdanken? Würde niemand sie je wieder belästigen?

»Danke, Niño, danke.«

»Stell dir vor, Manuela, denk mal nach. Das hier waren Paläste vor Jahrhunderten, große, herrliche Paläste, hier wohnten ganz reiche Leute, ganz berühmte Leute, wie wir, Manuela.«

Gegen Mitternacht bekam er großen Hunger und stand auf, ohne jemanden zu wecken. Er ging in die Küche und fand im Dunkeln ein Brötchen. Er bestrich es mit frischem Rahm und biß hinein. Und dabei hatte er ein Gefühl wie von Ehre oder von Pflicht, er wußte nicht recht, was. Früher hatte er immer um alles gebeten. Sogar um ein mit Rahm bestrichenes Brötchen. Dies war das erste Mal, daß er sich etwas nahm, ohne zu bitten. Er nahm die trockenen Tortillas, die übriggeblieben waren, und ging auf den Hof, um sie den Hunden hinzuwerfen. Aber die Tiere waren nicht mehr da, auch Manuelita nicht, und nicht der Mond und die Musik, nichts.

3
Morgenluft

Für
Lorenzo und Patricia
Graciela

I

Früher war Mexiko eine Stadt mit Nächten voller Morgen. Um zwei Uhr morgens, wenn Federico Silva vor dem Schlafengehen auf den Balkon seines Hauses in der Calle Córdoba trat, war schon die feuchte Erde des kommenden Morgens zu riechen, konnte man den Duft der Jacarandas einatmen und die Vulkane ganz in der Nähe spüren.

Die Frühe rückte alles näher heran, Berge und Wälder. Federico Silva schloß die Augen, um besser diesen einzigartigen Geruch der Morgendämmerung von Mexiko einzuatmen; den würzigen, grünen Schwaden aus dem vergessenen Morast der Lagune. Das zu wittern war, wie den allerersten Morgen zu riechen. Nur die, die so den verschwundenen See wieder heraufzuholen vermögen, kennen diese Stadt wirklich, sagte sich Federico Silva.

Das war früher, jetzt stand sein Haus einen Block entfernt von dem riesigen, tiefer gelegenen Platz vor dem U-Bahnhof Insurgentes. Irgendein befreundeter Architekt hatte diese regellose Kreuzung von Straßen und Alleen – Insurgentes, Chapultepec, Génova, Amberes, Jalapa – mit der Place de l'Étoile in Paris verglichen, und Federico Silva hatte sehr gelacht. Die Kreuzung von Insurgentes war eher wie ein mehrstöckiger Speisekorb in Stadtformat: eine erhöhte Fahrbahn, zuweilen höher als die Dachterrassen daneben, auf der die Autos rasen, dann die mit Prellsteinen und Ketten versperrten Straßen, danach die Treppen und überdeckten Gänge zu dem Innenplatz voller Fischrestaurants, Taco-Buden, fliegenden Verkäufern, Bettlern und Straßenmusikanten, voller Studenten, einer irrsinnigen Menge junger Leute, die dort saßen und belegte Brote aßen, die pfiffen und dem langsam ziehenden Smog nachschauten, indes der kleine Schuhputzer ihnen die Schuhe blankwichste, die die pummeligen Mädchen im Minirock mit rundem Hinterteil und dünnen Beinen anmachten und bequatschten; das ganze Hippy-Gelichter, die Federn, blauen Lider, silbern gepuderten Lippen, Lederwesten ohne was darunter, Ketten, Halsbänder. Und schließlich der Eingang zur U-Bahn: der Höllenschlund.

Sie hatten ihm seine Nächte voller Morgen umgebracht. In seinem Stadtteil war nicht mehr zu atmen, nicht mehr zu gehen. Zwischen dem kümmerlichen Luxus der Zona Rosa, der rührend weltstädtischen Ausstaffierung eines riesigen Dorfes, und dem ebenso verzweifelten wie sinnlosen Versuch anmutiger Wohnlichkeit in der Colonia Roma hatten sie Federico Silva diesen Höllengraben aufgerissen, der unbegehbar war, dieser Styx aus Benzindämpfen, der um den Menschenstrudel des Innenplatzes kreiste, um die Hunderte von Jugendlichen, die pfiffen, dem Smog nachsahen, sich anrempelten, einfach nur dasaßen und warteten, auf einer Art dreckiger Untertasse, wie sie der runde, abgesenkte Betonplatz darstellte. Die Untertasse einer kalten, fettigen, übergeschwappten Schokolade.

»So eine Gemeinheit«, sagte er resigniert, »zu denken, daß es einmal eine hübsche, kleine, pastellfarbene Stadt war. Vom Zócalo bis Chapultepec konnte man gehen, ohne irgend etwas zu verpassen: Regierung, Unterhaltung, Freundschaft oder Liebe.«

Es war eines der vielen Klagelieder eines alten Junggesellen, der sich an vergessene Dinge klammerte, die nur noch ihn selbst interessierten. Seine Freunde, Perico und der Marqués, meinten, er solle nicht so stur sein. Als seine Mutter noch nicht tot war (weiß Gott, die alte Dame hatte es nicht eilig mit dem Sterben gehabt), sei es ja in Ordnung gewesen, daß er die Familientradition achtete und das Haus in der Calle Córdoba behielt. Aber jetzt, wozu? Er bekam fabelhafte Verkaufsangebote, der Markt näherte sich seinem Höhepunkt, und er solle doch den Augenblick nützen. Das wußte er besser als irgendwer, er selber war ja Rentier, davon lebte er, vom Spekulieren.

Dann versuchten sie, ihn unter Druck zu setzen, bauten an jeder Seite seines Grundstücks ein Hochhaus, was man so modern nennt, denn Federico Silva fand, daß nur das modern ist, was für immer dauert, nicht das, was eilig hochgezogen wird, um nach zwei Jahren abzublättern und nach zehn einzustürzen. Er meinte, es sei eine Schande, daß ein Land voller Kirchen und Pyramiden, die für die Ewigkeit gebaut waren, sich am Ende mit einer Stadt aus Karton, Kalk und Kacke zufriedengäbe.

Man zwängte ihn ein, man benahm ihm Atem, Sonne und Luft, Sicht und Geruch. Dagegen wurden ihm die Ohren mit Lärm vollgehämmert. Sein Haus, zwischen die beiden Türme aus Beton und Glas eingepfercht, bekam mir nichts, dir nichts den sich senkenden Untergrund zu spüren, Maurerrisse durch den überstarken Druck. Eines Tages, während er sich zum Ausgehen anzog, fiel ihm eine Münze auf den Fußboden, und er sah sie bis an die Wand rollen. Früher hatte er in eben diesem Zimmer mit Bleisoldaten gespielt, hatte historische Schlachten aufgebaut, Austerlitz, Waterloo, sogar ein Trafalgar in seiner Badewanne. Jetzt konnte er sie nicht mehr füllen, denn das Wasser lief nach der Seite hin über, wohin sich das Haus geneigt hatte.

»Als ob man im Turn von Pisa wohnte, aber ohne jeden Ruhm. Erst gestern ist mir ein Stück Putz auf den Kopf gefallen, während ich mich rasierte, und im Bad ist die ganze Wand rissig. Wann werden die begreifen, daß der schwammige Untergrund der Belastung durch die Wolkenkratzer nicht standhält?«

Es war kein wirklich altes Haus, sondern eine dieser Stadtvillen nach angeblich französischem Vorbild, die zu Beginn des Jahrhunderts errichtet und um die zwanziger Jahre nicht mehr gebaut wurden. Eigentlich ähnelte es mehr bestimmten spanischen oder italienischen Villen mit flachem Dach, eigenwillig symmetrischen Steinornamenten um bleiches Stuckwerk herum, einer Freitreppe zu einem ersten Stock mit Empfangsräumen, fern von der Feuchtigkeit des Kellers.

Und der Garten, ein dämmriger, feuchter Garten, Erholung von den heißen Morgen auf der Hochebene, ein Zufluchtsort, wo sich einst jeden Abend freundlich die Düfte des kommenden Morgens ein Stelldichein gaben. Welch ein Luxus: Zwei hohe Palmen, eine Sonnenuhr, ein Kiespfad, eine grün gestrichene eiserne Bank, ein sprudelnder Quell, der in einem Rinnsal zu den Veilchenbeeten gelenkt wurde. Mit welchem Ingrimm sah er auf diese albernen grünen Glasscheiben, mit denen die neuen Gebäude sich gegen die uralte Sonne Mexikos schützten. Die spanischen Konquistadoren waren weiser gewesen, die hatten begriffen, wie wichtig klösterlicher Schatten und kühle Höfe waren. Wie sollte er nicht all dieses gegen die Aggression einer Stadt verteidigen, die früher seine Freundin gewesen und nun zu seiner wütendsten Feindin geworden war? Seiner, Federico Silvas, den seine Freunde den Mandarin nannten.

Seine asiatischen Gesichtszüge waren so ausgeprägt, daß sie die indianische Maske vergessen ließen, die ihnen zugrundelag. Das gibt es bei vielen mexikanischen Gesichtern: Die Brandmale und Wechselfälle der offenbaren Geschichte verbergen sie und zeigen dafür das Urgesicht, das aus der Tundra kam und von den mongolischen Bergen. Auf solche Art war Federico Silvas Gesicht wie der verlorene Duft der alten Lagune von Mexiko: ein sichtbares Andenken, fast ein Phantom.

Peinlich sorgsam, peinlich sauber, peinlich adrett die zierliche Gestalt mit der unveränderlichen Maske und unveränderlich schwarzen Haaren, die aussahen, als seien sie gefärbt. Doch die weißen, starken und dauerhaften Zähne seiner Vorfahren hatte er nicht mehr, infolge veränderter Eßgewohnheiten. Nur das schwarze Haar, trotz der anderen, neuen Nahrung. Den Generationen, die das aufgaben, gingen die Urkräfte von Pfefferschote, Bohne und Maistortilla verloren, das ausreichende Kalzium und die Vitamine für solche, die wenig essen. Jetzt sah er auf diesem verfluchten Innenplatz, der einer dreckigen Schüssel glich, die jungen Leute nur Sauzeug essen, Mineralwasser und künstliche Bonbons und Kartoffelchips aus Plastikbeuteln, das Müll-Essen aus dem Norden, dazu das Pest-Essen aus dem Süden: Trichine, Amöbe, die allmächtige Mikrobe in jedem Schweinekotelett, Tamarindenlimonade und welken Rettich.

Wie sollte er nicht unter so vielen häßlichen Dingen seine kleine Oase der Schönheit, sein ganz persönliches Paradies hüten, das niemand ihm streitig zu machen vermochte? Absichtlich, ganz bewußt hatte er sich von jeder Richtung ferngehalten. Er sah die Karawane der Moden vorüberziehen. Eine davon suchte er sich aus, in der Tat. Aber die hatte er gewählt und bewahrt. Als diese Mode keine mehr war, behielt er sie bei, pflegte sie und hielt sie fern vom launenhaften Geschmack. So wurde seine Mode niemals altmodisch, so wenig wie seine Anzüge, seine

Hüte, seine Spazierstöcke, seine Kimonos, die hocheleganten Lederstiefeletten für seine winzigen asiatischen Füße, die feinen Wildlederhandschuhe für seine Mandarinhändchen.

Daran dachte er während endloser Jahre, seit Anfang der Vierziger, während er darauf wartete, daß seine Mutter sterben, ihm das Erbe hinterlassen und schließlich er sterben werde, allein, in Frieden, wie er es wollte, allein in seinem Hause, endlich frei von der Last seiner Mutter, seiner so eitlen, so übertriebenen und zugleich so schäbigen, gepuderten, angemalten Mutter mit ihren falschen Haaren bis zum letzten Tag. Die Kosmetiker des Bestattungsunternehmens taten ihr Bestes. Verpflichtet, ihr im Tode ein frischeres und rosigeres Aussehen zu verleihen als im Leben, präsentierten sie schließlich Federico Silva voll Stolz eine aufgedonnerte Karikatur, eine lackierte Mumie. Er sah sie an und befahl, den Sarg auf immer zu schließen.

Während der Tage der Aufbahrung und des Begräbnisses von Doña Felícitas Fernández de Silva versammelte sich eine große Menge von Verwandten und Freunden. Wohlerzogene und vornehme Leute, für die andere das Wort Aristokratie hatten, als ob das, fand Federico Silva, möglich sei in einer überseeischen Kolonie, die von geflohenen Ausbrechern, Schreiberlingen, Müllern und Schweinehirten erobert worden war.

»Geben wir uns damit zufrieden«, sagte er zu seiner alten Freundin María de los Ángeles Negrete, »zu sein, was wir sind, eine gehobene Mittelklasse, der es trotz aller Stürme der Geschichte gelungen ist, über die Zeiten sich ein bequemes Auskommen zu sichern.«

Der älteste Name in dieser Gesellschaft hatte sein Vermögen im 17. Jahrhundert erworben, der jüngste das seine vor 1910 begründet. Ein ungeschriebenes Gesetz schloß die neureichen Revolutionsgewinnler aus der Gruppe aus, nahm aber die vom Bürgerkrieg Geschädigten auf, die die Revolution dazu benutzt hatten, ihren Standard wiederherzustellen. Aber das Normale, das Schickliche war, sowohl während der Kolonialzeit wie unter dem Kaiserreich, wie während der republikanischen Diktaturen reich gewesen zu sein. Das Grundstück des Marqués de Casa Cobos stammte aus der Zeit des Vizekönigs O'Donojú, und seine Großmutter war Gesellschaftsdame bei der Kaiserin Charlotte gewesen; die Vorfahren von Perico Arauz hatten als Minister unter Santa Anna und Porfirio Diáz gedient; und Federico stammte über die Fernández von einem Adjutanten Maximilians und über die Silvas von einem Richter unter Lerdo de Tejada ab. Alles Beweis von Rasse, Beweis von Klasse, an der man jenseits der politischen Schwankungen eines an Überraschungen so reichen Landes hatte festhalten können, das an einem Tag verschlafen, am nächsten aufgewühlt war.

Jeden Samstag traf er sich mit seinen Freunden zum Mah-Jongg-Spiel, und der Marqués sagte: »Mach dir nichts draus, Federico. Auch wenn's uns schockiert, müssen wir doch zugeben, daß die Revolution Mexiko für immer zahm gemacht hat.«

Sie hatten nicht die Augen voll unterdrücktem Haß, die Tiger im Käfig der gespannten Körper all jener jungen Leute gesehen, die da saßen und dem vorüberziehenden Smog nachsahen.

II

An dem Tag, als er seine Mutter begrub, fing er wirklich an, sich zu erinnern. Mehr noch: Er merkte, daß er nur dank ihres Hinscheidens ein genaueres Gedächtnis wiedergewann, das unter dem übermächtigen Gewicht von Doña Felícitas begraben gewesen war. Damals war es, daß er sich entsann, wie früher die Morgen von der Mitternacht angekündigt wurden, und daß er auf den Balkon trat, um sie einzuatmen, um sich das Geschenk des Tages im voraus abzuholen.

Aber das war nur eine Erinnerung unter vielen und ähnelte mehr einem wiedererwachten Instinkt. Bestimmt, sagte er sich, wird das Gedächtnis alter Leute durch den Tod anderer alter Menschen belebt. Seitdem wartete er darauf, daß man ihm den Tod irgendeines Onkels oder eines Freundes mitteilte, in der Gewißheit, daß sich neue Erinnerungen einstellen würden. Und so würde man sich eines Tages auch an ihn erinnern.

Wie würde man sich an ihn erinnern? Wenn er sich jeden Morgen vor dem Spiegel zurechtmachte, fand er, daß er sich in den letzten zwanzig Jahren eigentlich wenig verändert hatte. Wie die Asiaten, die ihrer Ewigkeit gleichsehen von dem Augenblick an, da sie alt werden. Aber auch deshalb, weil er in der ganzen Zeit die gleiche Art der Kleidung getragen und immer wieder getragen hatte. Nur er trug noch in der heißen Jahreszeit einen Strohhut, wie ihn Maurice Chevalier aufgebracht hatte. Gerne wiederholte er und genoß dabei die Silben, die fremden Namen dieses Hutes, *Straw Hat, Canotier, Paglietta.* Und im Winter den schwarzen *Homburg* mit Seidenpaspel, den Anthony Eden, der eleganteste Mann seiner Zeit, eingeführt hatte.

Er stand immer spät auf. Er brauchte nicht so zu tun, als sei er etwas anderes als ein wohlhabender Privatier. Die Kinder seiner Freunde wurden von dem schlechten sozialen Gewissen eingeholt. Das hieß, daß man sie um acht Uhr morgens in einer Cafeteria sehen mußte, wo sie im Stehen *hot cakes* aßen und über Politik redeten. Gottseidank hatte Federico Silva keine Kinder, die sich schämten, reich zu sein, oder die ihn beschämen wollten, weil er bis Mittag im Bett lag, wartete, bis sein Kammerdiener und Koch Dondé ihm das Frühstück heraufbrachte, dann in Ruhe seinen Kaffee trank und die Zeitungen las, bis er sich mit Muße wusch und anzog.

Die ganzen Jahre hindurch hatte er die Kleidungsstücke seiner Jugendzeit beibehalten, und als Doña Felícitas starb, sammelte und ordnete er die erstaunlichen Gewänder seiner Mutter in mehreren Kleiderschränken, einen für die Mode vor dem ersten Weltkrieg, einen anderen für die zwanziger Jahre und einen dritten für den Mischmasch, den die Señora sich in den dreißiger Jahren erfand und der von da an bis zu ihrem Tode ihr Stil blieb: bunte Strümpfe, silberne Schuhe, Boas in wilden Scharlachtönen, lange Röcke aus mauvefarbener Seide, ausgeschnittene Blusen, Hunderte von Halsketten, breitrandigen Hüten, Perlenhalsbändern.

Jeden Tag ging er zu Fuß zum Bellinghausen in der Calle Londres, wo man ihm den gleichen Tisch in einer Ecke reservierte seit der Zeit, da er sich den Anzug, den er trug, hatte machen lassen. Dort speiste er, allein, würdig, streng, neigte den Kopf gegen vorüberkommende Bekannte, ließ sich die Rechnungen von den Tischen allein sitzender Damen, die er oder seine Mutter kannten, bringen und bezahlte sie, nichts von lärmenden Umarmungen, *Na–wie–geht's–uns–denn,* läppischem Geschwätz, *Das–kann–doch–nicht–wahr–sein, Nein–so–was.* Er haßte Vertraulichkeit. Er gebot über einen kleinen, unüberschreitbaren Raum um seine winzige, dunkle, pedantische Gestalt herum. Den hatte man zu respektieren.

Wirklich vertraut war er nur mit dem, was sein Haus enthielt. Jeden Nachmittag genoß er es, die Gegenstände, die Tiffany-Lampen und Aschenbecher, die Statuetten und Lalique-Rahmen anzuschauen, zu bewundern, zu berühren, manchmal zu streicheln. Diese Dinge gewährten ihm eine besondere Befriedigung, aber er besaß auch ein ganzes Art-Deco-Mobiliar, runde Spiegel auf versilberten Boudoir-Tischen, hohe Röhrenlampen aus Aluminium, das Bett mit dem Kopfende aus polierter Bronze, sein ganzes Schlafzimmer in Weiß, aus Taft und Seide, ein weißes Telefon, Eisbärenfell, die Wände lackiert in verwaschenem Elfenbeinton.

Zwei Erlebnisse hatten sein Leben als junger Mann geprägt. Eine Reise nach Hollywood, wo der mexikanische Konsul in Los Angeles ihm einen Besuch bei den Darstellern von *Dinner at Eight* verschaffte. Er war in Jean Harlows weißem Schlafzimmer und sah die Schauspielerin von ferne. Alles dort war ein platinfarbener Traum. Und im Eden Rock lernte er Cole Porter kennen, der gerade *Just one of those Things* komponiert hatte, und Scott Fitzgerald mit Zelda, als er *Soft is the Night* schrieb. In jenem Sommer an der Riviera war er auf einem Foto mit Porter zu sehen, aber nicht mit den Fitzgeralds. Ein Foto mit Boxkamera geknipst, ohne Blitzlicht. Im Zimmer des Hotels Negresco lernte er im Dunkeln eine nackte Frau kennen. Weder er noch sie wußte, wer der andere war. Plötzlich wurde die Frau vom Mondlicht angestrahlt, als ob es Tageslicht, als ob der Mond die Sonne wäre, eine nackte Glühbirne, schamlos, ohne Lampenschirm als Feigenblatt.

Die Reise an die Côte d'Azur war ständiger Anlaß zum Austausch von Erinnerungen bei den samstäglichen Zusammenkünften. Federico Silva spielte Mah-Jongg mit Geschick, und drei der gewohnten Mitspieler, María de los Ángeles, Perico und der Marqués, waren in jenem Sommer mit ihm zusammengewesen. Alles war erinnernswert, außer diesem einen, der Liebe, dem blonden Mädchen, das Jean Harlow ähnelte. Wenn einer der Freunde spürte, daß ein anderer sich auf dieses verbotene Gebiet wagte, warf er ihm einen gewitterschwangeren Blick zu. Dann wechselten alle das Thema, vermieden Nostalgie und nahmen ihre normalen Gespräche über Familie und Geld wieder auf.

»Beides ist nicht voneinander zu trennen«, sagte Federico Silva während des Spiels. »Da ich keine unmittelbaren Familienangehörigen habe, wird das Geld, wenn ich nicht mehr da bin, anderswohin gehen, an irgendwelche entfernten Verwandten. Komisch.«

Er entschuldigte sich, daß er über den Tod sprach. Nicht, daß er über Geld sprach. Jeder von ihnen hatte das Glück gehabt, sich beizeiten einen Teil vom Reichtum Mexikos zu sichern, Bergwerke, Wälder, Ländereien, Vieh, Ackerland, und ihn geschwind, bevor er in andere Hände gelangte, in das einzig Sichere umzuwandeln: Grundbesitz in der Stadt Mexiko.

Federico Silva dachte mit einer gewissen Verträumtheit an die Häuser, die ihm so pünktlich Mieten einbrachten, die alten Kolonialpaläste in der Calle Tacuba, Guatemala, La Moneda. Er hatte sie nie aufgesucht. Er hatte keine Ahnung, wer dort wohnte. Vielleicht würde er eines Tages einen seiner Mietkassierer fragen: Wer wohnt eigentlich in den alten Palästen, was sind das für Leute, sind die sich klar darüber, daß sie die edelsten Gebäude Mexikos bewohnen?

Er würde nie ein neues Gebäude bewirtschaften, eines wie die, die ihm die Sonne wegnahmen und sein eigenes Haus aus dem Lot brachten. Das hatte er sich geschworen. Er wiederholte es mit einem Lächeln, als sie an jenem Mah-Jongg-Samstag in seinem Hause zu Tisch gingen. Jedermann wußte, daß es eine besondere Ehre war, von Federico Silva empfangen zu werden. Nur er verfügte über diese Details, die Tischplatte aus rotem Leder, die Sitzordnung nach strengster Etikette – nach Rang, Alter und ehemaligen Amtsstellungen – die Tischkarte mit dem Namen jedes Gastes an der richtigen Stelle, das vom Gastgeber eigenhändig geschriebene Menü, die makellose Art und Weise, wie Dondé bei Tisch servierte.

Federico Silvas asiatische Maske verzog sich kaum zu einer ironischen Geste, als er an jenem Abend den Tisch überblickte und die Abwesenden zählte, die Freunde, die ihm vorangegangen waren. Er rieb sich die porzellanenen Mandarinhändchen: Ach, keine Etikette war doch so unerbittlich wie die des Todes und kein Vortritt strenger als der des Grabes. Die Lalique-Hängelampe beleuchtete grausam, ganz von oben und senkrecht, die an Goya gemahnenden Gesichter der Gäste, das puddingschlaffe Fleisch, die tiefen Falten in den Mundwinkeln, die eingesunkenen Augen seiner Freunde.

Was mochte aus dem blonden Mädchen geworden sein, das sich einst in seinem Zimmer im Hotel Negresco auszog?

Dondé begann die Suppe zu servieren, und sein Maya-Profil schob sich zwischen Federico Silva und die Dame zu seiner Rechten, seine Freundin María de los Ángeles Negrete. Dem Diener wuchs die Nase mitten aus der Stirn, und die winzigen Äuglein schielten.

»Es ist doch erstaunlich«, bemerkte Federico Silva auf Französisch, »ist Ihnen klar, daß dieses Profil und die Augen Zeichen körperlicher Schönheit bei den Maya waren? Um sie zu erreichen, wurden die Köpfe nach der Geburt zusammengepreßt, und man zwang sie, der Pendelbewegung eines Steinchens an einem Faden zu folgen. Wie ist es möglich, daß sich noch nach Jahrhunderten zwei künstlich erworbene Merkmale weiter vererben?«

»Das ist, als wenn man eine Perücke und falsche Zähne

erbte« – María de los Ángeles Negrete wieherte wie eine Stute.

Das Profil Dondés nun zwischen dem Gastgeber und der Eingeladenen, der Arm, der die Suppenschüssel anbietet, die volle Suppenkelle, die unvermutete Geruchsbeleidigung durch Dondés Schweiß, er hatte es ihm ein für alle Mal gesagt, nimm ein Bad, wenn du mit der Küche fertig bist, vor dem Servieren, manchmal ist es unmöglich, Señor, die Zeit reicht nicht, Señor.

»Deine oder die meiner Mutter, María de los Ángeles?«

»Wie bitte, Federico?«

»Die Perücke. Die Zähne.«

Irgend jemand stieß an die Kelle, Federico Silva, Dondé oder María de los Ángeles, wer weiß, aber die glühendheiße Erbsensuppe verlor sich im Ausschnitt der Señora, das Geschrei, wie ist denn das möglich, Dondé, Verzeihung, Señor, ich versichere Sie, nein, ach, die Quarktitten von María de los Ángeles, ach, der verkohlte Schlabberbusen, bade dich, Dondé, du beleidigst mich, Dondé, die Perücke und die Zähne meiner Mutter, die nackte Blonde, Nizza ...

Er erwachte mit einem gräßlichen Schrecken, der Qual einer verzweifelten Anstrengung, sich daran zu erinnern, was er soeben geträumt hatte, der Gewißheit, daß es ihm nie gelingen würde, wieder ein für immer verlorener Traum. Benebelt von Traurigkeit zog er sich den Kimono an und trat auf den Balkon. Er atmete tief. Vergebens schnupperte er nach den Gerüchen des kommenden Morgens. Dem Morast der aztekischen Lagune, dem

Dunst aus der Nacht der Urvölker. Unmöglich. Wie die Träume, so weigerten sich die verlorenen Düfte zurückzukehren.

»Ist etwas, Señor?«

»Nein, Dondé.«

»Ich hörte den Señor schreien.«

»Es war nichts. Schlaf weiter, Dondé.«

»Wie der Señor befehlen.«

»Gute Nacht, Dondé.«

»Gute Nacht, Señor.«

III

»Seitdem ich dich kenne, bist du schon immer so besonders eigen mit deiner Kleidung gewesen, Federico.«

Niemals hatte er seiner alten Freundin María de los Ángeles verziehen, daß sie ihn einmal spöttisch behandelt hatte, *Guten Morgen, Monsieur Verdoux.* Vielleicht war etwas von Chaplin an seiner altmodischen Eleganz, aber doch nur, wenn sie einen Verlust an Vermögen hätte vertuschen sollen. Und Federico Silva, das wußte jedermann, war nicht einer, der heruntergekommen war. Er wußte einfach wie jeder Mensch von wirklichem Geschmack, dauerhafte Dinge zu wählen. Ein Paar Schuhe oder ein Haus.

»Sei sparsam mit dem Licht. Geh früh zu Bett.«

Er würde zum Beispiel niemals gleichzeitig Spazierstock und Gamaschen tragen. Für seinen täglichen Spaziergang von der Calle Córdoba zum Restaurant Bellinghausen würde er sorgfältig darauf achten, den auffallenden Effekt eines ziegelfarbenen Sakkos mit einem *Buster-Brown*-Gürtel, das er sich 1933 hatte machen lassen, durch den undefinierbaren Regenmantel auszugleichen, der ihm mit ausgeklügelter *sans façon* über dem Arm hing. Und nur an den wenigen Tagen wirklicher Kälte würde er die Melone, den schwarzen Paletot, den weißen Schal tragen. Er wußte wohl: Hinter seinem Rücken tuschelten seine Freunde, daß diese Verewigung seiner Garderobe nur der demütigendste Beweis seiner Abhängigkeit sei. Bei dem, was Doña Felícitas ihm gab, mußten seine Sachen zwanzig oder dreißig Jahre lang halten ...

»Sei sparsam mit dem Licht. Geh früh zu Bett.«

Warum aber trug er nach dem Tode von Doña Felícitas weiterhin die alte Kleidung? Das fragten sie ihn nie, jetzt, da er über das Vermögen verfügte. Sie sagten sich wohl, daß Doña Felícitas ihn verbogen, aus der Not eine Tugend gemacht hatte. Nein, seine Mutter hatte die Knickerigkeit nur vorgetäuscht. Alles hatte mit diesem in spöttisch verletzendem Ton ausgesprochenen Satz begonnen: Sei sparsam mit dem Licht, geh früh zu Bett, den Doña Felícitas eines Abends gebraucht hatte, um abzulenken, um den Schein zu wahren, um nicht wahr haben zu wollen, daß ihr Sohn nun erwachsen war, abends ausging, ohne sie um Erlaubnis zu bitten, und es wagte, sie allein zu lassen.

»Wenn ich schon für deinen Unterhalt sorge, ist das mindeste, was ich erwarten kann, daß du mich nicht allein läßt, Fede. Ich kann jeden Augenblick sterben, Fede. Ich weiß, Dondé bleibt hier, aber ich mag den Gedanken nicht, in den Armen eines Dienstboten zu sterben. Ist ja gut, Fede. Es muß wirklich so sein, wie du sagst, eine ganz ganz wichtige Abhaltung, damit du deine Mutter verläßt. Verläßt, ja, das ist das Wort. Ich hoffe, du machst den Schaden wieder gut, den du mir antust, Fede. Du weißt wie. Du hast mir versprochen, dieses Jahr die Exerzitien von Pater Téllez mitzumachen. Tu mir diesen kleinen Gefallen, Fede. Ich werde jetzt auflegen. Ich fühle mich sehr erschöpft.«

Sie legte das weiße Telefon auf, in dem Bett mit dem Kopfteil aus blanker Bronze sitzend, umgeben von weißen Kissen, zugedeckt mit den weißen Pelzdecken, die große greise Puppe, der milchweiße Pudel, mit großer Theaterpose puderte sie sich das mehlweiße Gesicht, in dem die flammensprühenden Augen, der orangefarbene Mund, die roten Wangen wie obszöne Narben saßen, sie rieb mit der weißen Quaste den *Kompaktpuder*, hüllte sich in eine parfümierte, kehlkopfreizende Wolke aus Reispuder und aromatischem Talkum, den kahlen Kopf geschützt unter einer weißen Seidenhaube. Nachts wurde die Perücke mit den steifen, blanken schwarzen Locken über den mit Watte ausgestopften Stoffkopf ohne Körper gezogen, der auf dem silbernen Toilettentisch stand wie die Perücken der früheren Königinnen.

Manchmal gefiel es Federico Silva, in seine Gespräche mit den Samstagsfreunden einen phantastischen Ton zu bringen. Nichts Befriedigenderes gibt es als ein dankbares Publikum, und María de los Ángeles graulte sich leicht. Das schmeichelte Federico Silva sehr. María de los Ángeles war älter als er, als Junge hatte er sie geliebt, hatte um sie geweint, als das entzückende Mädchen von siebzehn Jahren lieber mit älteren Jungen zum exklusiven Schwarzweiß-Ball ging als mit ihm, dem unterwürfigen kleinen Freund, dem ergebenen Bewunderer jener blonden Vollkommenheit, des rosigen Teints, all des duftigen Tülls mit Seidenstreifen, der ihre ersehnten Formen verhüllte und umschmiegte, zauberhafte María de los Ángeles, nun ähnelte sie der Königin María Luisa, wie sie Goya gemalt hat. Ob sie merkte, daß Federico Silva, indem er sie zum Graulen brachte, sie immer noch verehrte, genau wie mit fünfzehn, mit der einzig möglichen Huldigung: ihr eine Gänsehaut zu verschaffen?

»Sehen Sie, angeblich wurde die Guillotine erfunden, um dem Opfer Schmerzen zu ersparen. Aber das Ergebnis war genau das Gegenteil. Die Schnelligkeit der Hinrichtung verlängerte tatsächlich den Todeskampf des Opfers. Weder der Kopf noch der Körper haben Zeit, sich an ihr Getrenntsein zu gewöhnen. Sie glauben, sie sind noch vereint, und das Bewußtsein, daß sie es nicht mehr sind, stellt sich erst nach mehreren Sekunden ein. Diese Sekunden sind für das Opfer wie Jahrhunderte.«

Ob die Greisin mit dem Pferdegelächter, den langen Zähnen, dem Quarkbusen es bemerkte, wie sie da saß, brutal senkrecht von der Lalique-Lampe beleuchtet, die höchstens Marlene Dietrich hätte schmeicheln können, scharfe Schatten, schwarze Höhlen, gespenstisches Geheimnis? Häupter, die das Licht köpfte.

»Kopflos bewegt sich der Körper weiter, das Nervensystem funktioniert weiter, die Arme fuchteln, und die Hände flehen. Und das abgetrennte Haupt, voll mit dem im Gehirn gestauten Blut, erreicht den höchsten Grad der Klarheit. Die aus den Höhlen tretenden Augen blicken den Henker an. Die flatternde Zunge fleht, erinnert, leugnet. Und die Zähne schlagen sich wild in den Korb. Es gibt keinen einzigen Korb am Fuße einer Guillotine, der nicht wie von einer Legion Ratten zernagt wäre.«

María de los Ángeles stieß einen kleinen Ohnmachtsschrei aus, der Marqués de Casa Cobos nahm ihr den Puls, Perico Arauz bot ihr ein in Kölnisch Wasser getränktes Taschentuch an, Federico Silva trat auf den Balkon seines Schlafzimmers um zwei Uhr morgens, als alle gegangen waren, und er dachte daran, welche wohl die nächste Leiche, welcher der nächste Tote wäre, der ihm erlaubte, ein weiteres Stückchen Erinnerung zu erobern. Man konnte auch von den Zinsen der Erinnerung leben, aber die einzige Art, sie zu kassieren, war der Tod eines anderen. Welche Erinnerungen würde sein eigener Tod auslösen? Wer würde seiner gedenken? Er schloß die Balkontür und legte sich in das weiße Bett, das seiner Mutter gehört hatte. Er versuchte einzuschlafen, indem er die Leute zählte, die sich an ihn erinnern würden. Nur ganz wenige waren es, allerdings alles wohlbekannte Leute.

Seitdem Doña Felícitas gestorben war, begann Federico Silva über seinen eigenen Tod nachzudenken. Er gab Dondé Anweisungen:

»Wenn man meine Leiche entdeckt, legst du, bevor du irgend jemanden benachrichtigst, diese Platte auf.«

»Sehr wohl, Señor.«

»Sieh sie dir gut an, damit du sie nicht verwechselst. Hier leg ich sie hin, oben drauf.«

»Keine Sorge, Señor.«

»Und schlägst dieses Buch auf meinem Nachttisch auf.«

»Wie der Señor befehlen.«

Man sollte ihn finden, wie er gestorben war, beim Hören der *Unvollendeten* von Schubert, *The Mystery of Edwin Drood* von Dickens aufgeschlagen neben dem Kopfende ... Das war noch die am wenigsten ausgearbeitete seiner posthumen Phantasien. Er beschloß, vier Briefe zu schreiben. In dem einen beschrieb er sich als Selbstmörder, in einem anderen als zum Tode Verurteilten, im dritten als unheilbar Kranken und im vierten als Opfer einer natürlichen oder von Menschen verursachten Katastrophe. Dieser machte ihm am meisten Kopfzerbrechen. Wie die drei Faktoren synchronisieren: seinen Tod, das Abschicken des Briefes und das Erdbeben in Sizilien, den Wirbelsturm in Cayo Hueso, den Vulkanausbruch auf

Martinique, den Flugzeugabsturz in ...? Dagegen konnte er die anderen drei an weit voneinander entfernt wohnende Personen senden und sie bitten, sobald sie von seinem Tode erführen, ihm den Gefallen zu tun und die drei von ihm geschriebenen, von ihm unterschriebenen Briefe seinen Freunden zuzuschicken, den des Selbstmörders an María de los Ángeles, den des zum Tode Verurteilten an Perico Arauz, den des unheilbar Kranken an den Marqués de Casa Cobos. Welche Verwirrung, welche Ungewißheit, welch ewiger Zweifel: War dieser, den wir hier aufbahren, den wir hier zur letzten Ruhe betten, wirklich unser Freund Federico Silva? Allerdings war die vorhersehbare Verwirrung und Ungewißheit der anderen nichts angesichts der eigenen. Während Federico die drei bereits geschriebenen Briefe überlas, wurde ihm klar, daß er genau wußte, an wen er sie schicken würde, aber nicht, wen er bitten sollte, ihm den Gefallen zu tun, sie abzusenden. Er war nicht wieder ins Ausland gereist, seit jenem Besuch an der Côte d'Azur. Cole Porter war mit einem Lächeln gestorben, die Fitzgeralds und Jean Harlow mit einem Weinen, wer sollte ihm die Briefe absenden? Er erinnerte sich, sah seine Freunde Perico, den Marqués, María de los Ángeles, jung, im Badeanzug, im Eden Rock, vor vierzig Jahren ... Wo mochte das Mädchen sein, das Jean Harlow ähnlich sah, war es seine einzige heimliche Verbündete, würde es ihn im Tode für den Schmerz, die Demütigung entschädigen, die es ihm im Leben angetan hatte?

»Und wer zum Teufel bist du?«
»Das weiß ich selbst nicht, wenn ich dich ansehe.«
»Verzeihung. Ich hab mich im Zimmer geirrt.«
»Nein. Geh nicht weg. Ich kenne dich auch nicht.«
»Laß mich los, oder ich schreie.«

»Bitte ...«

»Laß mich los! Nicht mal, wenn du der letzte Mann auf Erden wärst! Dreckchinese!«

Der letzte Mann. Sorgsam faltete er die Briefe zusammen, bevor er sie wieder in ihre Umschläge steckte. Die schwere Hand fiel auf seine so zerbrechliche Schulter, mit einem Klirren von Armreifen, Ketten, Metall, das auf Metall schlägt.

»Was hast du da in den Umschlägen? Deine Knete, Alter?«

»Is' er das?«

»Aber gewiß doch. Den sehen wir doch jeden Tag an der Eßbude vorbeigehen.«

»Bloß, im China-Look als Fu Mandschu haben wir ihn nicht erkannt.«

»Aber mit'm Spazierstock.«

»Und mit Lätzchen über den Pantoffeln, ha, Scheiße.«

»Also Opa, krieg keinen Schreck. Hier meine Kumpels, der Barbier und die Pocahontas. Ich bin der Artist, zu Befehl. Ehrlich, wir wollen dir nichts tun.«

»Was wollen Sie?«

»Lauter Zeug, was du echt nicht gebrauchen kannst, erst mal.«

»Wie sind Sie hereingekommen?«

»Das soll dir der Schwuli erzählen, wenn er aufwacht.«

»Was für ein Schwuler?«

»Der, der für dich einkaufen geht.«

»Dem haben wir aber fein die Fresse geplättet, Sch ...«

»Es tut mir leid, daß ich Sie enttäuschen muß. Ich habe kein Geld im Haus.«

»Ich sag' dir doch, wir sind gar nicht hinter deiner

Drecksknete her. Die kannste dir sonstwohin stecken, Opa.«

»Artist, verlier keine Zeit mit Erklärungen. Fangen wir an?«

»Effeff.«

»Paß auf, Barbier, du unterhältst das Gerippe, und die Poca und ich stauben ab.«

»Gemacht.«

»Die andern bleiben unten?«

»Die anderen? Wie viele sind Sie?«

»Ach, du kriegst die –, daß ich nicht lache, Gerippe, hört mal, Leute, der fragt, wie viele wir sind, du kriegst echt die –.«

»Komm mal her, Pocahontas, daß der sich mal deine Visage ansieht, zeig ihm mal die Zähnchen, kraul ihm mal das Schnäuzchen, so, meine kleine Pocahontas, sag ihm doch, wie viele wir sind, Scheiße.«

»Hast du uns nie angesehen, wenn du an der Eßbude vorbeigehst, Opa?«

»Nein. Niemals. Ich kümmere mich nicht um ...«

»Das isses eben. Du hättst uns mal besser angucken sollen. Wir haben dich aber angeguckt, seit Monaten gucken wir dich schon an, stimmt's, Barbier?«

»Aber sicher. Jahre und Neujahre, Pocahontas. Ich an deiner Stelle wär' ja echt beleidigt, daß der Alte dich nicht angeguckt hat, du Tauschöne, du zombige Tante, mit deinem Wackelgewackel wie die Tongolele von der neuen Welle.«

»Siehste, Fu Mandschu, nun hast du mich beleidigt. Hast mich nie angeguckt. Wetten, daß du mich nu nie wieder vergißt.«

»Nu hört mit dem Quatschen auf, Kumpels. Mal sehn, was du in den Schränken findest, Poquita. Dann holt die Jungs rauf, für die Möbel und die Lampen abschleppen.«

»Du hast das Sagen, Artist.«
»Ich sag' dir, du sollst den Opa ablenken.«
»Mal sehn, mal sehn, so einen feinen Herrn hab ich noch nie rasiert, wie man so sagt.«
»Guck doch bloß, Artist, den Hutladen von der Mumie, den Schuhladen, einfach irre, als ob das alte Schwein 'n Tausendfüßler wär.«
»Total vergammelt.«
»Was wollen Sie?«
»Daß du ganz ruhig bist. Laß dich mal schön von mir einseifen.«
»Fassen Sie mein Gesicht nicht an!«
»Uihh, erst guckst du uns nicht an, und jetzt heißt es, faß mich nicht an. Du bist aber empfindlich, Mumi ...«
»Guckt euch um, Jungs, und macht die Augen auf!«
»Is' ja wahnsinnig, Pocahontas! Wo hast'n die Boas ausgerissen?«
»In der Bude nebenan. Da gibt's drei Schränke voll antikem Kram, das große Los, Leute. Halsketten, Hüte, blaue und rote Strümpfe, was die Herrschaften wünschen und befehlen, oh Mami!«
»Hände weg von den Sachen meiner Mutter!«
»Klappe, Don Mumi. Echt, wir wolln Ihnen nichts tun. Was soll's! Lauter Sachen, die für Sie ganz unwichtig sind, altes Zeug, all Ihre Lampen und Aschenbecher und der übrige Kram, wofür verdammt brauchen Sie das, na?«
»Das würden Sie nicht begreifen, Sie Halbaffen!«
»Haste gehört, Kumpel, was der Schlimmes von uns sagt?«
»Nee, Mann, das is'n Kompliment. Was, bloß, weil ich nur meine Lederweste anhab und nichts drunter, und, weil du Federn auf'm Kopf trägst, Poquita, sehn wir aus wie die Indianer, wie der letzte Aztekenheuler? Also hör mal, Don Mumi, wir werden hier abzischen, ich mit

deinem Schniegelkram und meine Poquita mit dem von deiner Mami, denn dazu sind wir ja bloß hergekommen.«

»Um die Kleidung zu stehlen?«

»Alles, Opa, deine Klamotten, deine Möbel, deine Löffel, alles.«

»Aber warum . . . was für einen Wert kann das alles . . .«

»Das isses eben. Mottenkiste is' in.«

»Werden Sie meine Sachen verkaufen?«

»Uihh, in La Lagunilla verkauft sich das besser als im Acapulco Gold, was wir da für den Plunder rausholen werden, Opa . . .«

»Erstmal legst du das beiseite, was du haben möchtest, meine hübsche Poca, die beste Halskette, die geilste Boa, was dir am besten steht, mein Hundefötzchen.«

»Quatsch nich', Artist, mach mich nich' scharf, ich bin schon ganz geil auf dieses Wahnsinnsbett, das werd' ich behalten wollen, damit du und ich ganz edel darin bumsen können.«

»Noch'n bißchen?«

»Reicht. Schluß ist Schluß, und mach kein Scheiß, Artist . . .«

»Du halt den fest, Barbier.«

»Na bitte, wie hübsch hab ich den gemacht, sein ganzes Gesichtchen eingeseift, sieht aus wie der Weihnachtsmann.«

»Fassen Sie mich nicht mehr an, Señor.«

»Wawaas? Los, mal'n bißchen den Kopf rum, damit ich Sie richtig rasieren kann.«

»Ich sage Ihnen, Sie sollen mich nicht anfassen!«

»Drehn Sie mir mal das Köpfchen 'n bißchen nach links, bitteschön!«

»Fassen Sie mir nicht auf den Kopf, Sie ruinieren mir die Frisur!«

»Schuschu, a la meme lolo, schlaf, Kindchen schlaf.«

»Elendes Bettelvolk.«

»Was sagst du, alter Fotzkopp?«

»Wir Bettelvolk?«

»Bettler sind die, wo betteln, alter Kräpel. Wir nehmen.«

»Sie sind der Aussatz, der Abschaum, das Krebsgeschwür.«

»Wawaas, altes Gestell? Haste gehört, Artist? Der tickt wohl nicht richtig, der Knacker?«

»Nö, Mann, den juckts bloß, daß er so alt ist und wir so jung.«

»Ihr gottverdammten Hurensöhne, Küchenschaben, Ratten, Läuse ...«

»Vorsicht, Fu Mandschu, du weißt doch, die Mami laß da raus, das echt nicht ...«

»Vorsicht, Barbier!«

»Sie, zu dem sie Barbier sagen, Sie ...«

»Ja, mein Liebchen?«

»Sie sind der widerlichste Hurensohn, der mir je in meinem Leben vor die Augen gekommen ist. Ich verbiete Ihnen, mich nochmals anzufassen. Wenn Sie wollen, können Sie ja Ihrer Hurenmutter in die Fotze fassen.«

»Ach du Scheiße, jetzt langt's aber ... nu is' Schluß.«

IV

Zwischen Federico Silvas Papieren fand man einen an Doña María de los Ángeles Valle verw. Negrete adressierten Brief. Der Testamentsvollstrecker ließ ihn ihr zukommen, und bevor sie ihn las, dachte die alte Dame ein Weilchen an ihren Freund, und ihre Augen füllten sich mit Tränen. Er war kaum eine Woche tot, und nun dieser Brief – geschrieben wann?

Sie öffnete den Umschlag und nahm den Bogen heraus. Kein Absendetag, nur ein Herkunftsort: Palermo, Sizilien, ohne Datum. Federico sprach von der Reihe leichter Erdbeben, die sich in den letzten Tagen wiederholt hatten. Die Experten kündigten das große Beben an, das schlimmste, das die Insel seit dem furchtbaren von 1964 erleben würde. Er, Federico, hatte eine Ahnung, daß sein Leben hier enden werde. Er hatte die Evakuierungsbefehle nicht befolgt. Sein Fall war einzigartig: Ein Wille zum Selbstmord, durch eine Naturkatastrophe zunichte gemacht. Er hatte sich in seinem Hotelzimmer versteckt und schaute auf das sizilianische Meer, das schäumende, wie Góngora gesagt hatte, und wie gut, wie angemessen für ihn, an einem so schönen Ort zu sterben, fern von der Häßlichkeit, dem Mangel an Respekt, der Verstümmelung der Vergangenheit: allem, was ihm am meisten im Leben zuwider gewesen war ...

Liebe Freundin: Erinnerst du dich an jene Blonde, die im Negresco solch einen Skandal machte? Du magst mit Recht denken, daß ich so naiv bin, daß mein Leben so monoton gewesen ist, daß ich für immer verzaubert geblieben bin durch das Bild einer wunderschönen Frau, die nicht mein sein wollte. Ich merke wohl, wie du, Perico, der Marqués und alle Freunde das Thema umgehen. Der arme Federico. Sein einziges Abenteuer ging daneben, dann alterte er an der Seite einer tyrannischen Mutter, nun ist er tot.

Ihr mögt recht haben in bezug auf den Kern der Sache, wenngleich nicht dem Anschein nach. Dies habe ich niemals irgend jemandem anvertraut. Als ich jenes Mädchen anflehte, zu bleiben, mit mir die Nacht im Hotel zu verbringen, weigerte sie sich, sagte: »Nicht mal, wenn du der letzte Mann auf Erden wärst.« Dieser so verletzende Satz – wirst du es mir glauben? – hat mich gerettet. Ich sagte mir einfach, daß im Angesicht der Liebe niemand der letzte Mann ist, nur im Angesicht des Todes. Nur der Tod kann zu uns sagen: Du bist der letzte. Nichts anderes, kein anderer, María de los Ángeles.

Dieser Satz hat mich demütigen, aber nicht ins Bockshorn jagen können. Und wenn ich nie geheiratet habe, so war es aus Furcht, das gebe ich zu. Mir graute davor, meinen Kindern weiterzugeben, womit meine Mutter mich belastet hatte. Das solltest du wissen: Unsere Erziehung war sehr ähnlich. Aber ich hatte nun keine Gelegenheit, die Kinder, die ich nie hatte, schlecht zu erziehen. Du dagegen ja. Verzeih meine Offenheit. Die Situation, glaube ich, rechtfertigt sie. Nenne es immerhin, wie du willst: religiöse Skrupel, alltägliche Kleinlichkeiten, fruchtlose Disziplin.

Natürlich mußt du für diese Feigheit bezahlen, wenn deine Eltern tot sind und du selbst, wie in meinem Fall, keine Nachkommen hast. Du hast auf immer die Gelegenheit verpaßt, deinen Kindern etwas Besseres oder anderes zu geben, als was deine Eltern dir gegeben haben. Ich weiß es nicht. Gewiß geht man das Risiko der Unzufriedenheit und des Irrtums ein, was immer man tut. Manchmal, wenn du Katholik bist wie ich und gezwungen warst, eine Kleine zum Arzt zu bringen, damit er einen Eingriff bei ihr vornimmt, oder, schlimmer noch, ihr das Geld für eine Abtreibung durch deinen Diener schicken mußtest, spürst du, daß du gesündigt hast. Diese Kinder, die man nie hatte, sind die davor bewahrt worden, auf eine häßliche und grausame Welt zu kommen? Oder, ganz im Gegenteil, werfen sie dir vor, daß du ihnen die Risiken des Lebens vorenthalten hast, nennen dich Mörder, Feigling? Ich weiß es nicht.

Ich fürchte wirklich, daß es dieses schwankende Bild ist, das ihr von mir behalten werdet. Darum schreibe ich dir jetzt, vor dem Sterben. Ich hatte immer eine Liebe, nur eine, dich. Die Liebe, die ich für dich mit fünfzehn Jahren empfand, habe ich mein ganzes Leben empfunden, bis zum Tode. Das darf ich dir jetzt sagen. Du hast mein Bedürfnis nach Ehelosigkeit und mein Bedürfnis nach Liebe erfüllt. Ich weiß nicht, ob du mich verstehen wirst. Nur dich konnte ich immer lieben, ohne all die anderen Teile meines Lebens und seine Forderungen zu verraten. So, wie ich war, mußte ich dich so lieben, wie ich dich geliebt habe: beständig, stumm, sehnsüchtig. Aber weil ich dich liebte, wurde ich so, wie ich wurde: einsam, zurückgezogen, vermenschlicht nur durch einen gewissen Sinn für Humor.

Ich weiß nicht, ob ich mich verständlich machen kann oder ob ich mich selbst wirklich verstanden habe. Wir alle glauben uns selbst zu kennen. Nichts ist falscher. Denke an mich, behalte mich im Gedächtnis. Und sag mir, ob du dir das erklären kannst, was ich dir jetzt sagen werde. Vielleicht ist es das einzige Rätsel meines Lebens, und ich werde sterben, ohne es gelöst zu haben. Jeden Abend vor dem Schlafengehen trete ich auf den Balkon meines Schlafzimmers, um Luft zu schnappen. Ich suche die Vorahnungen des nächsten Morgens zu atmen. Früher war es mir gelungen, die Gerüche des verlorenen Sees einer ebenso verlorenen Stadt zu orten. Mit den Jahren fällt es mir immer schwerer.

Aber nicht dies war das wahre Motiv meiner Aufenthalte auf dem Balkon. Manchmal, wenn ich dort stehe, fange ich an zu zittern, und ich habe Angst, daß wieder einmal diese Stunde, diese Temperatur, diese ewige Ankündigung eines Sturms, und wenn es nur ein Staubsturm ist, der über Mexiko hängt, mich triebhaft reagieren läßt wie ein Tier, das in diesem Klima gezähmt, frei in einem anderen, aber in weiter Urferne wild und ungebändigt wäre. Ich habe Angst, daß mit der Finsternis oder dem Blitz, einem Re-

genguß oder Staubwirbel das Gespenst eines Tieres wiederkehrt, das ich hätte sein können, oder gar der Sohn, den ich nie hatte. Eine Bestie saß in meinen Eingeweiden, María de los Ángeles, kannst du dir das vorstellen?

Die alte Dame weinte, während sie den Brief wieder in den Umschlag steckte. Einen Augenblick saß sie entsetzt still, als sie sich an die Geschichte von der Guillotine erinnerte, mit der Federico sie an den Samstagen schockiert hatte. Nein, sie weigerte sich, die Leiche anzusehen, den vom Rasiermesser durchschnittenen Hals. Perico und der Marqués, die zwei Perversen freilich, die nicht.

4
Andrés Aparicios Sohn

Pablo Neruda zum Gedächtnis

»Nicht eine Gedenkstätte hat er, nicht ein Dach.«
(aus einem Brief von Milena)

Die Gegend

Sie hatte keinen Namen, und darum gab es sie eigentlich gar nicht. Andere Siedlungen wurden benannt. Diese nicht. Wie aus Versehen. Wie wenn ein Kind aufwüchse, ohne getauft zu werden. Schlimmer noch: ohne überhaupt einen Namen zu bekommen. Wie wenn alle sich verabredet hätten: Wozu diesen Stadtteil benennen? Kann sein, daß irgend jemand ohne groß nachzudenken mal gesagt hatte, hier würde ja doch niemand lange wohnen. Eine vorübergehende Bleibe, wie die Verschläge aus Wellblech und Pappe. Der Wind strich durch die Wände aus undichtem Preßstroh, die Sonne richtete sich fest über den Blechdächern ein; das waren die wirklichen Bewohner der Gegend. Die Menschen waren aus Versehen hierher gekommen, wie verstört, ohne zu wissen warum, weil es besser war als gar nichts, denn dieses Gelände voller Gestrüpp, aschgrauem Unkraut und Gobernadora-Sträuchern war für sie der nächstliegende Stadtrand nach ihrem früheren Wohnviertel, das noch einen Namen gehabt hatte. Hier gab es keinen Namen, keine Abflußrohre, und das elektrische Licht klaute man von den Masten, indem man die Drähte der Glühlampen an die öffentliche Beleuchtung anschloß. Man gab keinen Namen, weil man sich vorstellte, daß man nur eine Zeitlang hier wohnen bleiben würde. Niemand saß auf seinem eigenen Grund und Boden. Besetzer waren sie, und stillschweigend waren sie sich darüber einig, daß sie niemandem Widerstand leisten würden, der sie von dort vertriebe. Sie würden einfach zum nächsten Stadtrand ziehen. Jedenfalls wäre die Zeit, die sie hier ohne Miete zu zahlen leben könnten, gewonnene Zeit, eine Atempause. Viele von ihnen waren aus besseren Stadtteilen mit Namen gekommen, aus San Rafael, Balbuena, Canal del Norte, sogar aus Nezahualcóyotl, das schon zwei Millionen Einwohner hatte, die dort mehr schlecht als recht hausten, mit einer Zementkirche und dem einen oder anderen Supermarkt. Sie waren gekommen, weil sie nicht einmal in jenen verlorenen Vorstädten hatten Fuß fassen können und sich doch dagegen wehrten, den letzten Schein von Anständigkeit zu opfern, sich dagegen wehrten, bei den Müllwohnern oder den Sandschippern von Las Lomas zu enden. Bernabé hatte einen Einfall. Daß diese Gegend keinen Namen hatte, weil sie so etwas war wie früher die ganze große Stadt, hier sammelte sich das Schlimmste der Stadt und vielleicht auch das Beste, versuchte er zu sagen, und darum konnte sie keinen eigenen Namen haben.

Er konnte es nicht sagen, denn Worte zu finden war ihm schon immer so verdammt schwergefallen.

Seine Mutter hatte noch einen Spiegel von früher, und sie besah sich oft darin. Frag Bernabé, ob sie sich das Viertel ansah, die verlorene Stadt, die im Winter unter Erdkrusten begraben war, unter Staubwirbeln im Frühling und im Sommer nach dem Regen unter Schlammbächen, die sich dann mit den Kotbächen vereinigten, die das ganze Jahr über einen Abfluß suchten, den sie nie fanden. Wo kommt das Wasser her, Mama? Wo fließt die Scheiße hin, Papa? Bernabé lernte, langsamer zu atmen, den schwarzen Smog zu schlucken, den die kalten Wolken in den Ring der Berge niederzwängten. Eine schlappe Luft, die sich kaum auf den Beinen halten konnte, über das

Gelände taumelte und offene Mäuler suchte. Er erzählte niemandem von seinem Einfall, denn er bekam die Worte nie heraus. Die blieben alle drin. Die Worte fielen ihm so schwer, weil das, was seine Mutter sagte, niemals etwas mit dem zu tun hatte, was wirklich passierte, weil die Onkels so laut und unbändig lachten und brüllten, als ob sie das Gefühl hätten, einmal pro Woche wären sie verpflichtet, sich so richtig wohlzufühlen, bevor sie wieder in die Bank gingen oder an die Tankstelle; aber vor allem, weil er sich nicht mehr an die Stimme seines Vaters erinnerte. Sie wohnten nun schon elf Jahre hier. Niemand hatte sie belästigt, niemand hatte sie vertrieben. Sie brauchten niemandem Widerstand zu leisten. Sogar der alte Blinde war gestorben, der den Leitungsmasten mit seiner Gitarre den Corrido des elektrischen Lichts gesungen hatte, *funkelndes leuchtendes elektrisches Licht.* Warum, Bernabé? Onkel Rosendo sagte, es sei ein Spottlied. Sie waren nur eben so gekommen und elf Jahre geblieben. Und wenn sie elf Jahre geblieben waren, dann würden sie für immer bleiben.

»Nur dein Papa, der hat sich rechtzeitig aus dem Staub gemacht, Bernabé.«

Der Vater

Wegen der Hosenträger erinnerten sie sich an ihn. Er hatte sie immer getragen, als ob seine Seligkeit davon abhinge. Mit denen hat er sich am Leben festgehalten, sagte man, wäre er doch wie seine Hosenträger gewesen, hätte er sich doch nur ein bißchen angepaßt. Man hatte zugesehen, wie seine Kleidung schäbig wurde, aber die Hosenträger nicht; die blieben immer neu, blank mit vergoldeten

Schnallen. Die Hosenträger waren wie seine Liebenswürdigkeit, seine sprichwörtliche, so sagten die alten Leute, die noch solche Ausdrücke benutzten. Nein, sagte Onkel Richi, bockig ist der gewesen wie ein Maulesel, hat seine Enttäuschung mit sich rumgeschleppt, so war dein Vater. In der Schule mußte sich Bernabé mit einem großkotzigen Schlaks herumschlagen, der ihn nach seinem Vater fragte, und Bernabé sagte, der ist tot, und der Schlaks lachte und sagte, das sagen alle, Väter sterben nämlich nie, es ist doch so, daß dein Papa dich im Stich gelassen hat, oder vielleicht hast du ihn überhaupt nie gekannt, nicht mal das, der hat deine Mama gefickt und hat sie verlassen, bevor du auf die Welt kamst. Bockig, aber'n guter Kerl, sagte Onkel Rosendo, hast du mal drauf geachtet, wenn der nicht lächelte, sah er alt aus, darum lächelte er immerzu, ohne Grund, ach, das war ein Kerl, der Mann von der Amparito, immerzu lachte der, ohne irgendeinen Grund, trug seine Kränkung mit sich rum, daß er als junger Agronomiepraktikant einfach so aufs Land geschickt worden war, damit er sich um eine Genossenschaft in irgendeinem Dorf im Staat Guerrero kümmern sollte, er hatte damals gerade deine Mama geheiratet, Bernabé. Als er ankam, war das Dorf abgebrannt, viele Genossenschaftler umgebracht und die Ernten von dem Dorfhäuptling und den Lastwagenbesitzern gestohlen. Dein Vater wollte sich beschweren, also die Bundesbehörden und den Obersten Gerichtshof einschalten, was hat der nicht alles geredet, versprochen, versucht. Es war seine erste Aufgabe, und er konnte den Hals nicht voll genug kriegen. Also was ist passiert? Kaum hatten die im Dorf Wind davon bekommen, daß fremde Leute kommen würden, um all das Unrecht und die Verbrechen abzustellen, da taten sich alle zusammen, die Opfer wie die Henker, um die Anklagen deines Vaters abzuleugnen und ihn verantwortlich zu machen. Naseweis, kommt da einer aus der Hauptstadt voller Ideen von Recht, macht den Leuten die Hölle heiß, was haben die nicht alles gesagt. Sie hingen zusammen durch alte Geschichten von Streitereien, Rivalitäten und früheren Morden, das würde erst in Generationen ausgeglichen werden. Das Recht lag bei den Familien, in ihrer Ehre, ihrem Stolz, nicht bei einem superklugen kleinen Studierten. Als die Bundesbehörde kam, behaupteten sogar Geschwister und Witwen der Toten, der Schuldige sei dein Papa. Ins Fäustchen haben sie sich gelacht; sollte das Bundesgericht mit dem Bundesagronomen fertig werden. Von dieser Niederlage hat er sich nie wieder erholt, wie man so sagt. Im Amt haben sie ihn schief angesehen, ein Idealist und Nichtskönner, und von da an ist er nie mehr vorangekommen. Im Gegenteil, er blieb hängen an einem kleinen Schreibtischjob, ohne Beförderungen noch Gehaltsaufbesserungen, und hatte Schulden über Schulden, bloß weil ihm da drinnen was kaputtgegangen war, ein kleines Licht in seinem Herzen war erloschen, so drückte er das aus, ohne daß er je aufhörte zu lächeln, mit den Daumen seine Hosenträger schnappen zu lassen. Das hatte er nun davon. Das Recht kann mit der Liebe im Streit liegen, sagte er manchmal, die Leute dort liebten einander noch im Verbrechen, und das war stärker als mein Versprechen von Recht. Es war, als hätte er ihnen die marmorne Statue einer wunderschönen griechischen Göttin bringen wollen, wo sie doch daheim ihre kleine häßliche, aber schmusige und kuschelwarme Schwarze im Bett hatten. Was mußte er sich da einmengen? Dein Vater Andrés Aparicio hat nur noch immer lächelnd an die Berge im Süden, an ein verlorenes kleines Nest ohne Straße noch Telefon gedacht, wo die Zeit sich nach den Sternen maß, wo es Nachrichten nur von Mund zu Mund gab und wo das einzig Sichere ist, daß allesamt auf ein und demselben Fleck Erde begraben werden, von rosa Engeln und verwelkten Tagetes-Blumen bewacht, und das wußten sie. So war das Dorf, das sich zusammenschloß und ihn fertigmachte, siehst du, weil Leidenschaft mehr eint als Recht, und bei dir ist das auch so, Bernabé, wer hat dich verprügelt, wer hat dich in die Fresse gehauen und dir ein Veilchen verpaßt? Aber Bernabé würde seinen Onkels nicht erzählen, was der großkotzige Schlaks in der Schule zu ihm gesagt hatte oder wie sie sich gekeilt hatten, weil Bernabé dem Schlaks nicht hatte klarmachen können, wer sein Vater Andrés Aparicio gewesen war, die Worte kamen einfach nicht aus ihm raus, und zum ersten Mal wußte er dunkel, ohne daß er sich erlaubte, es ganz klar zu sehen: Wo's keine Worte gibt, da gibt es Keile. Aber was er dem gottverdammten Scheißlümmel liebend gerne gesagt hätte, das war, daß sein Vater tot war, weil ihm nur noch diese Würde geblieben war, weil ein Toter den Lebenden über ist, selbst wenn er ein elendiger Toter ist. Vor einem Toten hat man Respekt oder etwa nicht, verdammt?

Die Mutter

Sie hielt sich krampfhaft an ihr wohlanständiges Vokabular, daran muß sich wohl ihr ebenso sentimentaler wie kalter, ihr wirklichkeitsfremder wie harter Charakter geformt haben, damit man ihr irgendwie ihre Redeweise abnähme, die kein Mensch in dieser gottverlassenen Gegend mehr gebrauchte. Nur ein paar alte Leute, solche, die von der sprichwörtlichen Liebenswürdigkeit ihres Mannes Andrés Aparicio sprachen, waren auf ihrer Seite, und sie legte jedesmal ein Tischtuch auf und die Bestecke da, wo sie hingehörten, sie erwartete, daß keiner mit Essen anfinge, bevor alle was auf dem Teller hätten, und daß keiner vom Tisch aufstünde, bevor nicht sie, die Frau, die Gattin, die Hausfrau, dies getan hätte. Um alles bat sie mit *Bitte* oder bat die anderen, das *Bitte* nicht zu vergessen. Ihr Haus war immer *Ihr Haus*, das Haus des Gastes, als noch Gäste kamen, und es wurden sogar Geburtstage, die Heiligen Drei Könige, sogar einmal ein Krippenfest mit Pilgern, Kerzen und Topfschlagen gefeiert. Aber das war, als ihr Mann Andrés Aparicio noch lebte und sein Gehalt vom Landwirtschaftsministerium heimbrachte; jetzt, ohne Pension, reichte es dazu nicht, nun kamen bloß die alten Leute, die mit ihr solche Ausdrücke wie *gepflegt* und *pünktlich*, *Verzeihen Sie* und *Gestatten Sie*, *Aufmerksamkeiten* und *aus Unachtsamkeit* gebrauchten. Aber auch die Alten starben weg. Sie waren gekommen mit gewaltigen, festgefügten Familien, drei und manchmal vier Generationen aufgereiht wie auf einer Perlenkette, aber nach knapp zehn Jahren sah man nur noch Jugendliche und Kinder, und die Alten, die anmutige Worte gebrauchten, mußte man wie Stecknadeln in dem sprichwörtlichen Heuhaufen suchen. Was sollte sie reden, wo ihre Alten alle wegstarben? So dachte sie und sah sich an in dem Spiegel mit dem geschwungenen Silberrahmen, den sie von ihrer Mutter geerbt hatte, als sie noch alle zusammen in den Straßen des Viertels República de Guatemala gewohnt hatten, vor der Freigabe der Mietpreise, bevor der Eigentümer Don Federico Silva den ihren unbarmherzig erhöhte. Sie konnte es nicht glauben, was der Eigentümer ihr sagen ließ, daß seine Mutter das verlangte, daß Doña Felícitas herzlos und geizig wäre; denn nachher erzählte ihr die Nachbarin Doña Lourdes, daß die Mutter vom Señor Silva gestorben sei, und trotzdem ginge er mit den Mieten nicht runter, woher denn. Als Bernabé groß genug war, versuchte er die Höflichkeiten seiner Mutter, die Gewähltheit ihrer Worte in der Öffentlichkeit, mit irgendeiner Art von Zärtlichkeit zu verbinden, aber es gelang ihm nicht. Sie war nur sentimental, wenn sie von der Armut oder vom Vater sprach; aber nie war sie auch härter, als wenn sie gerade davon redete. Bernabé konnte nicht herausfinden, was dieses Getue seiner Mutter bedeuten sollte, aber was er herausfand, war, daß ihn das, was sie zu sagen schien, nichts anging, als ob zwischen Handlungen und Worten ein Abgrund klaffte, du bist ein anständiger Junge, Bernabé vergiß das nie, mach dich nicht gemein mit den Lümmels aus deiner Schule, halt sie dir vom Leibe, denk daran, daß du einen unschätzbaren Hort dein eigen nennst, gute Kinderstube und gute Manieren. Nur zweimal benahm sich seine Mutter Amparo anders. Einmal hörte sie, wie Bernabé zum ersten Mal einen andern kleinen Jungen mit *chinga tu madre* beschimpfte, auf der Straße, und als der Junge hereinkam in die elende Behausung, sank sie über dem Toilettentisch zusammen, hämmerte sich mit den Fäusten an die Stirn und ließ den Spiegel zu Boden fallen. Bernabé, sagte sie, ich hab dir nicht geben können, was ich wollte, du hast etwas anderes verdient, wo hast du bloß aufwachsen müssen, welch Unrecht, Bernabé. Aber der Spiegel ging nicht kaputt. Bernabé fragte sie nie nach einer Erklärung. Er begriff, daß immer dann, wenn sie sich mit dem Spiegel in der Hand an den Toilettentisch setzte, sich von der Seite betrachtete, sich über das Kinn strich, mit einem stummen Finger die Augenbrauen nachzog, mit der Handfläche das Tröpfeln der Zeit aus den Augen wischte, daß dann seine Mutter auch redete, und das war ihm wichtiger, als was sie sagte, denn für Bernabé war das Reden immer etwas an Wunder Grenzendes, man hatte mehr Mut zum Reden nötig als zum Prügeln, denn die Prügel standen ja nur für die Worte. Als er nach dem Streit mit dem großkotzigen Schlaks aus der Schule heimkam, wußte er nicht, ob seine Mutter mit sich selbst redete oder ob sie wußte, daß er da herumstrich, hinter einer der Baumwollgardinen, die seine Onkels gezogen hatten, um die Räume in dem winzigen Haus abzuteilen, den Trenngardinen, die sie sonntags nach und nach durch Pappe und dann durch Adobe-Ziegel ersetzten und die Adobe-Ziegel durch gebrannte Ziegel, bis es so einen gewissen Anstrich von Wohlanständigkeit hatte wie die, die sie gewohnt waren, als ihr Vater Flügeladjutant beim General Vicente Vergara gewesen war, dem berühmten sagenumwobenen General Pulversack, der sie immer zum Katerfrühstück eingeladen hatte am Jahrestag der Mexikanischen Revolution, an einem kalten Novembermorgen. Jetzt nicht mehr; Amparito hatte recht, die Alten waren gestorben, und die Jungen hatten traurige Gesichter bekommen. Nicht Andrés Aparicio, der hatte immer gelächelt, um nur nicht alt auszusehen. Seine sprichwörtliche Liebenswürdigkeit. Bloß einmal hatte er aufgehört zu lächeln. Ein Mann hier aus dem Viertel hatte irgendwas Schlimmes zu ihm gesagt, und da machte ihn dein Vater mit Fußtritten fertig, Bernabé. Wir haben ihn nie wiedergesehen. Mein Jungchen, wie haben sie dich bloß zugerichtet, sagte endlich Doña Amparo, mein armer kleiner Bub, wo mußt du dich rumstreiten, und sie hörte auf, in den Spiegel zu sehen, bis sie ihren Sohn erblickte, mein kleiner Liebling, mein Jung, warum schlagen die dich bloß, mein Herzblatt, und der Spiegel fiel auf den neuen Ziegelfußboden, und diesmal ging er kaputt. Bernabé sah sie an, ohne Erstaunen über ihre Zärtlichkeit, die sie ihm so selten gezeigt hatte. Und sie sah ihn an, als ob sie verstünde, daß er verstand: Es gab nichts zu staunen über das, was immer sein gutes Recht gewesen war, Doña Amparos Zärtlichkeit war so wenig von Dauer wie die gottverlassene Gegend, wo sie die letzten elf Jahre gewohnt hatten, ohne daß jemand mit einem Exmittierungsbescheid gekommen war, so daß die Onkels sogar gewagt hatten, die Pappe durch Adobe-Ziegel und die Adobe-Ziegel durch gebrannte Ziegel zu ersetzen. Der Junge hatte sie gefragt, ob sein Vater wohl tot wäre. Sie hatte ihm geantwortet, sie hätte es niemals geträumt. Sie hatte ihm mit präzisen Worten Antwort gegeben, ihrem Sohn begreiflich gemacht, daß ihre kalte und exakte Seite nicht von der Zärtlichkeit überrumpelt worden wäre. Solange sie nicht geträumt hätte, daß ihr Mann tot wäre, würde sie ihn nicht für tot halten, hatte sie gesagt. Darin lag der ganze Unterschied, brach es aus ihr heraus, sie wollte klar und zugleich gefühlvoll sein, komm her und umarme mich Bernabé, ich hab dich lieb, mein Winzchen, hör mir gut zu. Töte niemals für Geld. Töte nie unabsichtlich. Wenn deine Vernunft, deine Leidenschaft dich töten läßt, dann nutz die Gelegenheit. Damit wirst du sauber und stark. Töte nie, Jungchen, ohne daß du dir damit ein bißchen Leben für dich selbst erkämpfst, mein Herz.

Die Onkels

Sie waren die Brüder seiner Mutter, die sie die *Jungens* nannte, obwohl die drei zwischen achtunddreißig und fünfzig Jahre alt waren. Onkel Rosendo war der älteste, er war bei einer Bank angestellt, er zählte die alten Geldscheine, die der Regierung zur Vernichtung zurückgegeben wurden. Romano und Richi, der jüngste, arbeiteten auf einer Tankstelle, aber sie sahen älter aus als Rosendo, denn der war den ganzen Tag auf den Beinen, und obwohl sie genug Bewegung hatten bei der Abfertigung von Kunden, beim Schmieren und Scheibenwischen, lebten sie immer in der Nähe eines Kühlschranks voller Sprudelgetränke, wovon sie aufgetriebene Bäuche bekamen. In den toten Zeiten der Tankstelle, die auf dem Weg einer ständigen Staubwolke im Stadtteil Iztapalapa lag, von wo aus man nichts richtig sehen konnte, weder Leute noch Häuser, sondern bloß dreckige Autos und zahlende Hände, trank Romano Pepsicola und las die Sportzeitschriften, während Richi seiner Flöte süße heiße Klänge entlockte und sich ab und zu mit einer Pepsi kühlte. Nur sonntags tranken sie Bier, vor und nachdem sie auf das öde Gelände hinter den Hütten der Siedlung gezogen waren, um mit ihren Revolvern Kaninchen und Kröten abzuknallen. Damit verbrachten sie die Sonntage, und Bernabé sah ihnen nach von der Hinterseite des Hauses aus, wo er auf einen Haufen kaputter Dachziegel geklettert war. Sie lachten mit einer irgendwie sabberigen Lustigkeit, wischten sich nach jedem Schluck Bier den Schnurrbart mit dem Ärmel ab, stießen sich gegenseitig mit den Ellbogen in die Rippen und heulten wie die Präriewölfe, wenn ein Kaninchen tot umfiel, das größer war als die anderen. Später sah er, wie sie sich umarmten, sich gegenseitig auf die Schultern klopften und heimkehrten, die blutigen Kaninchen an den Ohren nachschleiften, Richi mit einer toten Kröte in jeder Hand. Während Amparo das Glutbecken anfachte und ihnen mit Paprika bestäubte Maiskolben und Tomatenreis servierte, stritten sie sich, weil Richi meinte, er ginge nun auf die Vierzig zu und hätte keine Lust, als fetter Schlappschwanz, 'tschuldige Amparito, auf einer Tankstelle vom Licenciado Tin Vergara zu enden, und bloß aus Gefälligkeit, auf Befehl vom alten General, in einem Nachtclub von San Juan de Letrán ein Vorspiel zu kriegen, damit er als Flötist in der Tropical Band auftreten könnte. Rosendo packte wütend den Maiskolben mit beiden Händen, und Bernabé sah seine vom Zählen dreckiger Geldscheine grindigen Finger. Er sagte, Flötespielen sei was für

Schwule, 'tschuldige Amparito, und Richi gab zurück, wenn er so ein Kerl wäre, warum er denn nie geheiratet hätte, und Romano puffte Richi halb liebevoll, halb empört, weil der sich aus der Tankstelle davonmachen wollte, wo er doch niemanden anders hatte, aber dann sagte er, weil sie zu dritt diesen Haushalt, ihre Schwester Amparo und den Jungen Bernabé unterhielten, deshalb hätten sie nie geheiratet, man könnte ja wohl nicht mehr als fünf Münder ernähren mit dem, was drei Brüder verdienten oder nun gar nur zwei, wenn Richi abhauen würde mit einer Tanzkapelle. Sie zankten sich, und Richi meinte: in der Kapelle würde er mehr verdienen, und Romano: er würde das mit Frauen durchbringen, um irgendwie die Schlagzeuger zu decken, und Rosendo: wenn's auch noch so mickrig wäre, 'tschuldige Amparito, etwas würde Andrés Aparicios Rente schon helfen, wenn er endlich mal für tot erklärt würde, und Amparo weinte und sagte: es sei ihre Schuld natürlich, und bat um Verzeihung. Alle trösteten sie, außer Richi, der ging zur Tür und sah schweigend auf die braune Abenddämmerung über der Gegend und kümmerte sich nicht um Rosendo, der wieder mal als Familienoberhaupt redete. Es ist nicht deine Schuld, Amparito, aber dein Mann hätte uns ja Bescheid geben können, ob er nun tot ist oder nicht. Alle arbeiten wir doch, was wir können, sieh dir meine Hände an, Amparito, glaubst du, daß mir das Spaß macht, nur dein Mann wollte ja was Besseres sein (meine Schuld, sagte Bernabés Mutter), denn ein Straßenkehrer oder ein Fahrstuhlführer verdient mehr als einer im Büro, aber dein Mann wollte ja eine Laufbahn, um später mal Rente zu beziehen (meine Schuld, sagte Bernabés Mutter), aber um eine Rente zu kriegen, muß man erstmal tot sein, und dein Mann ist einfach verduftet, Amparito. Da draußen ist eine riesige graue Dunkelheit, sagte Richi von der Tür her, und Amparito: ihr Mann hätte wie ein Ehrenmann gekämpft, damit wir nicht alle im tiefsten Elend versinken. Was hat Arbeit mit Elend zu tun? fragte Richi gereizt, und Bernabé ging ihm nach, auf das in der Dämmerung träge und verschlafen daliegende Gelände voll strenger Gerüche nach eingetrocknetem Kot und rauchender Tortilla und einer Ahnung von grünen geduckten Gobernadora-Sträuchern. Onkel Richi trällerte den Bolero von Agustín Lara *Silberhaar, schneeweißes Haar, Knäuel so zärtlich mit einer Strähne wunderbar,* und die Flugzeuge brummten niedrig vorbei im Anflug auf den internationalen Flughafen, und die einzigen Lichter waren die einer fernen Landebahn. Hoffentlich nehmen sie mich an in der Kapelle, sagte Richi zu Bernabé und blickte auf den gelben Nebel, im September gehen sie nach Acapulco, um bei den Nationalfeiern zu spielen, und du kannst mitkommen, Bernabé. Wir wollen doch nicht sterben, ohne das Meer kennengelernt zu haben, Bernabé.

Bernabé

Mit zwölf Jahren hörte er heimlich auf, zur Schule zu gehen. Er lungerte bei der Tankstelle herum, wo die Onkels arbeiteten, und die erlaubten ihm, sich einen zerrissenen Lappen zu besorgen und sich an den Windschutzscheiben der Autos zu versuchen, ohne zu fragen, als Teil vom Service; nur ein paar Centavos zu verdienen ist immer besser als gar nichts. In der Schule bemerkte man seine Abwesenheit gar nicht, es kümmerte niemanden. Die Klassen waren mit manchmal hundert Jungen und Mädchen überfüllt, und einer weniger war eine Erleichterung für alle, wenn es auch keiner merkte. Den Richi nahmen sie doch nicht in die Band auf, und er sagte zu Bernabé, komm einfach und verdien dir ein paar Centavos und gammle nicht mehr rum, sonst wirst du wie dein blöder Pappi enden. Er hörte auf mit dem Flötespielen und unterschrieb Bernabés Hefte, damit Amparo glauben sollte, er ginge weiter in die Schule, und so wurde die Kumpanei zwischen beiden besiegelt, die erste heimliche Beziehung in Bernabés Leben, denn in der Schule war er zu sehr hin- und hergerissen von dem, was er bei sich zuhause hörte und sah, wo seine Mutter immer von Anstand und guter Kinderstube und schlechten Zeiten sprach, als ob es andere gäbe, die nicht schlecht wären, und wenn er was davon in der Schule sagen wollte, traf er nur auf blinde harte Blicke. Eine Lehrerin merkte das und sagte zu ihm, hier würde niemand Mitgefühl geben noch haben wollen, denn Mitgefühl war ein bißchen so was wie Verachtung. Hier beklagte sich keiner, und keiner war mehr als die anderen. Bernabé verstand sie nicht, aber er war sauer auf die Lehrerin, die so tat, als verstünde sie ihn besser, als er sich selbst verstand. Richi ja, der verstand ihn, los, Bernabé, verdien dir deine Sporen und sieh dir an, was du haben kannst, wenn du reich bist, sieh dir diesen Jaguar an, der da in die Tankstelle gefahren kommt, Mann, hier kommt doch sonst bloß Schrott vorbei, aha, das ist unser Boß, der Licenciado Tin, der will mal 'n bißchen angeben, und sieh doch mal diese Zeitschrift, Bernabé, möchtest du nicht auch so eine Schwalbe für dich ganz allein haben? So werden wohl die Schwalben vom Licenciado Tin sein, sieh mal, was für sahnige Titten, Bernabé, stell dir vor, du hebst ihr das Röckchen hoch und verirrst dich da drin zwischen ihren Schenkeln, warm wie laue Milch, Bernabé, das haut mich um, sieh mal die Reklame von Acapulco, Pech haben wir gehabt, Bernabé, sieh mal die Schnösels in ihren Alfa Romeos, Bernabé, denk bloß, wie die wohl als Kinder gelebt haben und jetzt als junge Leute und danach als alte vor einem gedeckten Tisch, aber du, Bernabé, du und ich, wir müssen uns abschinden von Geburt an, immer schon alt, seitdem wir auf der Welt sind, oder etwa nicht? Er beneidete den Onkel Richi um sein Mundwerk, denn ihm fielen die Worte schwer, und weil er schon gesehen hatte, daß es Prügel gibt, wo es keine Worte gibt, ließ er die Schule Schule sein, um sich mit der Stadt rumzuprügeln, die wenigstens so stumm war wie er, nicht wahr, Bernabé, die Worte von dem gemeinen Schlaks haben dir mehr wehgetan als seine Prügel? Wenn die Stadt auch schlägt, so redet sie jedenfalls nicht. Warum liest du nicht mal ein Buch, Bernabé, hatte die Lehrerin gesagt, auf die er sauer war, fühlst du dich deinen Mitschülern unterlegen? Er konnte ihr nicht sagen, daß er irgendwas ganz Dummes fühlte, wenn er las, weil die Bücher redeten wie seine Mutter. Er verstand nicht wieso, und weil er so lange darauf gehofft hatte, tat ihm die Freundlichkeit weh. Die Stadt dagegen, die konnte man ansehen und lieben und wünschen, da konnte man durch die Straßen streunen, durch Reforma, Insurgentes, Revolución und Universidad in den Stoßzeiten, Scheiben putzen, sich zwischen den Autos durchschlängeln, ihnen ausweichen, sich mit den anderen arbeitslosen Jungen treffen und mit Fußbällen aus Zeitungspapier auf Plätzen wie dem seiner Kindheit spielen, Benzindampf schwitzen und kleine Schlammbäche pissen und Limonaden klauen an dieser Ecke und Grieben an der nächsten, sich gratis in die Kinos mogeln; auch wenn er sich dabei immer mehr von den Onkels und von seiner Mutter entfernte, unabhängiger und eigensinniger und gieriger wurde auf das, was er zu sehen begann und was zu ihm zu sprechen begann, wieder die verdammten Worte, man konnte nicht davonlaufen vor ihnen, wie sie sagten, kauf mich, halt mich fest, du brauchst mich, aus jedem Schaufenster, aus der Hand der Frau, die ihm aus dem Wagenfenster zwanzig Centavos gab, ohne ein Wort von Dank, für schnelles und fachmännisches Putzen der Windschutzscheibe, aus dem Blick des Schnösels, der ihn nicht mal ansah, wenn er ihm sagte, Hände weg von meiner Windschutzscheibe, Drecksbengel, aus den Fernsehprogrammen, die er von der Straße aus sehen konnte, ohne Ton, hinter den Schaufenstern der Läden, wo die Apparate verkauft wurden, ihn stumm mit Sehnsüchten vergiftend; so wuchs er auf und dachte daran, daß er mit fünfzehn nicht mehr verdiente als mit zwölf, immer nur Windschutzscheiben mit einem zerfransten Lumpen putzte, in Reforma, Insurgentes, Universidad oder Revolución zur Zeit des Stoßverkehrs, und daß er keinem der Dinge näherkam, welche die Schlager oder die Reklame anpriesen, und daß seine Ohnmacht lang und immer länger wurde und nie aufhörte, wie die Sehnsucht von Onkel Richi, die Flöte in einer Tanzkapelle zu spielen und den September in Acapulco zu verbringen, auf Wasserskiern über die Bucht in Technicolor zu flitzen, an einem orangefarbigen Fallschirm über den Märchenpalästen zu schweben, Hilton, Marriott, Holiday Inn, Acapulco Princess. Seine Mutter gab sich geschlagen, als sie es erfuhr, machte ihm schon keine Vorwürfe mehr, aber fand sich auch damit ab, alt zu werden. Ihre wenigen alten und wohlerzogenen Freunde, ein verwitweter Apotheker, eine Barfüßer-Karmeliterin, eine entfernte Cousine des Expräsidenten Ruiz Cortines sahen in ihrem Blick die Gewißheit einer geziemend verabreichten Belehrung, einiger geziemend gesagten Worte. Mehr konnte sie nicht tun. Sie verbrachte Stunden damit, den Blick um den leeren Horizont wandern zu lassen.

»Ich höre den Wind, und die Welt knirscht.«
»Sehr gut gesagt, Doña Amparito.«

Sonntagstreff

Er kriegte einen Haß auf Onkel Richi, denn die Schule aufzugeben und Windschutzscheiben auf den großen Avenidas zu putzen machte ihn weder reich, noch gab es ihm all das, was andere hatten, sondern machte ihn nur noch elender als vorher. Deshalb beschlossen die Onkels Rosendo und Romano, als Bernabé sechzehn wurde, ihm ein ganz besonderes Geschenk zu machen. Na, was glaubst du wohl, wie wir die ganzen Jahre ohne Amseln zurechtgekommen sind? fragten sie ihn und leckten sich den Schnurrbart. Was glaubst du wohl, wo wir hingegangen sind nach dem Kaninchenschießen, nachdem wir mit deiner Mama und dir zuhause gegessen haben? Bernabé sagte, in einen Puff, aber die Onkels lachten und sagten, das wär' doch wohl beknackt, auch noch bezahlen für eine Frau. Sie nahmen ihn mit zu einer stillgelegten Fabrik in der toten und stillen Gegend von Azcapotzalco mit dem schrecklichen Gestank nach verfaultem Benzin, wo sie der Nachtwächter einließ für einen Peso pro Kopf, und die Onkels Rosendo und Romano stießen ihn vor sich her bis in ein dunkles Zimmer, das sie hinter sich zumachten. Bernabé konnte nur einen Schein von dunklem Fleisch erhaschen, und dann hieß es zupacken. Er hielt die fest, die er kriegte, im Stehen, sie lehnte sich an die Wand, und er quetschte sich an sie; Bernabé, verzweifelt, versuchte zu begreifen, ohne daß er zu sprechen wagte, denn was hier vorging, hatte keine Worte nötig, gewiß, daß dieses verzweifelte Vergnügen das Leben hieß, und er packte es mit vollen Händen, strich von der harten kratzigen Wolle des Pullovers zu den weichen Schultern und der weichen Zartheit der Brüste, von dem steifen Baumwollrock zu der feuchten kleinen Muschi zwischen den Beinen, von den groben zerlöcherten Strümpfen bis zu den Kniekehlen aus Zuckerwatte. Das Gekeuche seiner Onkels lenkte ihn ab, ihr gehetztes und mühseliges Sichabarbeiten, aber dann merkte er, daß er länger aushielt, wenn er abgelenkt wurde, und endlich gelang es ihm zu reden, über sich selbst verblüfft, als er dem weichen, hingegossenen, flaumigen Mädchen seinen Schwanz reinsteckte, sie hängte sich zweimal an ihn, schlang ihm die Arme um den Nacken, die Beine um die Hüften. Wie heißt du? Ich bin Bernabé. Hab mich lieb, sagte sie zu ihm, sei lieb und nett, mein Herzblatt, sagte sie, genau wie seine Mutter, wenn sie zärtlich zu ihm war, hach, du mein Süßer, was für einen Spieß stößt du mir da rein. Und dann blieben sie auf dem Boden sitzen, und die Onkels fingen an zu pfeifen wie auf der Tankstelle, Viehtreiberpfiffe, na los Bengel, nu mach mal dalli, häng dich nicht nochmal dran, laß was für den nächsten Sonntag, laß dir von diesen Klammeraffen nicht die Eier auslöffeln, hach, ihr Nimmersatten, ihr Absackerinnen, bye-bye, na nu isser happy. Er zog dem Mädchen das kleine Goldmedaillon vom Hals, und sie schrie auf, aber der Neffe und die Onkels waren schon aus dem Sonntagstreff verschwunden.

Martincita

Schon ganz früh am nächsten Sonntag wartete er auf sie, an den Bretterzaun beim Eingang zur Fabrik gelehnt. Alle kamen ganz sittsam angeschlendert, übertrieben manche, mit Schleiern wie für die Messe oder mit Einkaufskörben, andere ungezwungener, angezogen wie Dienstmädchen heutzutage, in Rollkragenpullovern und karierten Hosen. Sie hatte wieder ihr Baumwollröckchen an und den kratzigen Sweater und rieb sich die Augen wegen des beißenden gelben Qualms aus der Raffinerie von Azcapotzalco. Er wußte, daß es die war, weil er die ganze Zeit mit dem kleinen Marienmedaillon herumspielte, es an seinem Handgelenk hin und her baumeln ließ, es so drehte, daß die Sonnenstrahlen sich genau in den Augen der Lupita spiegeln und sie auch blenden sollten, damit sie stehenbleiben und hersehen müßte, ihn ansehen, ihm mit einer verräterischen Bewegung ihrer Hand an den Hals zu verstehen geben, daß sie es sei. Sie war häßlich. Echt zum Versehen. Aber Bernabé konnte nun nicht mehr zurück. Das Medaillon baumelte immer noch an seiner Hand, und sie kam auf ihn zu und nahm es sich, ohne was zu sagen. Sie konnte einem leid tun, das Haar von falsch benutzten Brennscheren versengt, schlecht gemachte Goldzähne, die mit der Jungfrau von Guadalupe auf dem Medaillon um die Wette funkelten, und ein plattes Indianergesicht. Bernabé sagte, sie sollten doch lieber spazierengehen, aber die Frage: Stimmt doch, daß du's nicht für Geld tust? kriegte er nicht heraus. Sie erzählte, sie hieße Martina, aber alle nennten sie Martincita. Bernabé nahm sie beim Ellbogen, und sie gingen die Straße entlang bis zum Spanischen Friedhof, dem einzigen Platz, wo es da hübsch ist, mit den großen Totenkränzen und den weißen Marmorengeln. Friedhöfe sind irre schön, sagte die Martincita, und Bernabé stellte sich vor, wie sie beide in einer der Kapellen bumsten, wo die Reichen begraben lagen. Sie setzten sich auf eine Grabplatte mit goldenen Buchstaben, und sie zog eine Kalla-Blüte aus einer Vase, roch daran, so daß ihre platte Nasenspitze ganz überpudert wurde von dem orangegelben

Blütenstaub, sie lachte und spielte dann kokett mit der weißen Blume, kitzelte ihre eigene und Bernabés Nase, der niesen mußte. Sie lachte mit ihren Blinkzähnen und meinte, wenn er den Mund nicht aufkriegte, dann würde sie ihm eben alles auf einmal erzählen, alle kämen nur zum Vergnügen in die Fabrik, es gäb' da alle möglichen Typen, welche vom Lande wie Martina und welche, die schon lange in der Hauptstadt lebten, das spielte keine Rolle, Hauptsache, daß alle von sich aus in die Fabrik kämen; es war der einzige Ort, wo sie sich ein Weilchen frei fühlen konnten von den zudringlichen Hausherren oder deren Söhnen oder den Kavalieren aus dem Viertel, die einen rumkriegten, und dann: aus den Augen, aus dem Sinn, darum gibt's doch so viele Gören ohne Papa; hier im Dunkeln, ohne daß man sich kennt, ohne Komplikationen, das war doch dufte, so ein bißchen Liebe einmal in der Woche, oder? Tatsächlich fänden sie es alle zu schön, so im Dunkeln zu bumsen, ohne daß man sich ins Gesicht sähe und wüßte, was oder wer, aber sie jedenfalls war sich sicher, daß den Männern, die hierher kämen, das alles egal wäre; was die bloß wollten, war das Gefühl, daß sie den Schwächeren über sein könnten. In ihrem Dorf, da passierte das mit den Frauen der Priester, die nach außen hin ihre Nichten oder Dienstmädchen waren, die konnte sich irgendein Mann vornehmen und sagen, wenn du nicht mitkommst, du Zicke, zeig ich dich beim Pfarrer an. Früher soll das auch den Nonnen passiert sein, wenn die Gutsbesitzer in die Klöster einbrachen und die Schwestern bumsten, denn wer sollte sich da wohl beschweren, na wer wohl. In dieser Nacht, als er sechzehn wurde, schlief Bernabé nicht, sondern dachte nur an eines: Wie hübsch die Martincita gesprochen hatte, die war nicht um Worte verlegen, und wie gut sie auch vögelte, sie hatte alles außer Schönheit, schade, daß sie so eine Trulle war. Sie blieben bei dem

Spanischen Friedhof, wo sie jeden Sonntag in dem gotischen Mausoleum einer sehr bekannten Familie von Industriellen bumsten, und sie fand, er wäre ganz merkwürdig, immer so fein, als ob es bei ihm zuhause irgendwas gäbe, was nicht zu seiner Armut paßte und zu seinem Stottern, komisch, sie verstand das nicht, sie wußte von sich zuhause auf dem Dorf, daß nur die Söhne der Reichen Kinder sein dürfen und erst danach wachsen und groß werden; sie, so Leute wie Martincita und Bernabé, müßten schon als Erwachsene geboren werden, du und ich, wir müssen schuften von Geburt an, Bernabé, aber du bist anders, du möchtest, scheint's, anders sein, ich weiß nicht so recht. Anfangs taten sie das, was alle jungen und armen Pärchen tun. Sie sahen sich die Dinge an, die es umsonst gab, die Charros im Chapultepec Park am Sonntag und die Umzüge, von denen es während der ersten Monate ihrer Liebschaft einen nach dem andern gab, zuerst die vaterländische Parade am Unabhängigkeitstag im September, wo Onkel Richi mit seiner Flöte in Acapulco hatte sein wollen, danach der Vorbeimarsch der Sportverbände am Revolutionstag, im Dezember die Weihnachtsbeleuchtung und die traditionellen Krippen in dem Haus, wo Bernabé früher gewohnt hatte, in der Mietskaserne im Stadtteil Guatemala, wo sein kranker Freund Luisito wohnte. Sie grüßten sich kaum, weil es das erste Mal war, daß Bernabé die Martincita zum Kennenlernen unter Leute brachte, die er schon kannte und die seine Mutter Doña Amparito kannten; Doña Lourdes, die Mutter von Luisito, und Rosa María grüßten sie nicht mal, und der gelähmte Junge sah sie mit einem Blick voller Hoffnungslosigkeit an. Später sagte Martina, sie wollte gerne andere Freunde von Bernabé kennenlernen. Vor Luisito hatte sie Angst, denn der sah genauso aus wie ein alter Mann auf ihrem Dorf und würde doch zugleich nie alt werden. Sie suchten die

Jungens auf, die mit Bernabé Fußball gespielt und Scheiben geputzt und Kaugummis verkauft hatten und Kleenex und manchmal sogar Zigaretten mit Sammelbildchen auf der Calle Universidad, Insurgentes, Reforma und Revolución, aber die großen Avenidas abzuklappern nach Gelegenheiten, auf gut Glück sich um Kunden zu prügeln und danach noch die überschüssige Energie mit einem Fußball aus geknülltem Zeitungspapier auf einem leeren Grundstück loszuwerden, das war was anderes, als mit Mädchen auszugehen und nett zu reden, in einem Imbiß zu sitzen vor ein paar stummen, mit Schweinebacken belegten Broten und Ananaslimonaden. Bernabé sah sie an, da in dem Lokal, sie beneideten ihn um die Martina, weil sie richtig bumste und nicht in feuchten Träumen und bloß so, aber dann beneideten sie ihn doch wieder nicht, weil sie so häßlich war. Aus Rache oder aus Angabe oder bloß, um sich von ihm zu unterscheiden, erzählten die Jungens den beiden, daß ein Politiker, der jeden Tag durch Constituyentes in Richtung Präsidentenpalais fuhr, zwei von ihnen mit großem Getue Eintrittskarten zum Fußball geschenkt hatte, um einem Wachsoldaten des Präsidenten zu imponieren, der gerade hinsah, und die anderen hätten eine ganze Menge Geld gesammelt, um am Sonntag hinzugehen, und sie luden ihn auch ein, aber ohne Martina, denn sonst würden die Moneten nicht reichen; aber Bernabé sagte nein, er würde sie am Sonntag nicht allein lassen. Sie begleiteten die Jungens bis zum Eingang des Azteca-Stadions, und Martincita sagte, sie könnten doch zum Spanischen Friedhof gehen, aber Bernabé schüttelte bloß den Kopf, kaufte der Martina eine Limonade und fing an, wie ein Jaguar im Käfig vor dem Stadion hin und her zu laufen, gab den Neonlichtmasten jedes Mal einen Fußtritt, wenn er das Geschrei drinnen hörte, das Gebrüll *Tooor!*, und Bernabé traktierte die Masten mit Fußtritten und sagte schließlich, was hab' ich von all dem Scheiß, soll das das ganze Mistleben sein, wo krieg' ich bloß was vom Leben ab, wo bloß?

Worte

Martina fragte ihn, was mit ihnen beiden würde, sie war ganz aufrichtig und meinte, sie könnte ihn ja reinlegen, indem sie sich von ihm schwängern ließe, aber wozu, wenn sie sich vorher nicht geeinigt hätten, was sie nun richtig sein würden. Sie ließ Bemerkungen fallen, zum Beispiel als er ihr vorschlug, per Anhalter zur Parade vom fünften Mai nach Puebla zu fahren, und tatsächlich ein Lkw mit Baumaterial sie mitnahm bis zu der kleinen schmucken Kirche von San Francisco Acatepec und sie von da zu Fuß gingen bis in die Stadt mit den vielen Kacheln und Bonbons, noch ganz beschwingt von dem gemeinsamen Abenteuer und der sauberen Landschaft mit Kiefern und toten Vulkanen, was alles für Bernabé neu war. Sie stammte von den Llanos der Indianer von Hidalgo und hatte die Armut des Landes kennengelernt, sagte sie, das aber auch sauber war, nicht wie der Dreck in der Stadt, und beim Vorbeimarsch der Zuaven und Zacapoaxtlas, der Truppen von Napoleon gegen die vom Licenciado Don Benito Juárez, sagte sie zu Bernabé, ihn würde sie gern in Uniform sehen, wie er marschierte, mit Musik und so. Er wäre ja nun bald dran mit dem Auslosen zum Militärdienst, und das wußte man ja, sagte die Martina mit einer Miene, als wüßte sie sehr gut Bescheid in der Beziehung, da kriegten die Rekruten den Schliff, der ihnen fehlte, und die Laufbahn des Soldaten wäre nicht das Schlechteste für Leute wie ihn, die nicht mal 'ne Pritsche zum Hinlegen und Sterben hätten, für den Anfang. Die Worte blieben Bernabé wie Maisbrei im Hals kleben, erst da merkte er, daß er anders als die Martincita war, sie aber das nicht merkte, und während sie das Zuckerzeug in einem Süßwarenladen anschauten, Jamoncillos, Cajetas und Panochitas, da verglich er sich im Schaufenster mit ihr und fand, daß er besser aussah, besser gewachsen, sogar seine Haut war weißer, und er hatte so ein grünes Blitzen in den Augen, nicht diese unergründliche Kirschenschwärze ohne irgendwelches Weiß in dem Blick seiner Freundin. Er wußte nicht, was er erwidern sollte, und darum nahm er sie mit nach Hause zu seiner Mutter. Die Martincita nahm das ernst, wurde ganz gerührt und verstand die Einladung fast wie einen formellen Heiratsantrag. Aber Bernabé wollte bloß, daß sie sehen sollte, wie verschieden sie wären. Doña Amparito hatte wohl schon lange auf einen solchen Tag gewartet, eine solche Gelegenheit, die sie an ihre eigene Jugend zu erinnern vermöchte. Sie holte ihr bestes Zeug heraus, ein Schneiderkostüm mit ausgestopften Schultern, die gehüteten Nylonstrümpfe und die spitzen Lackschuhe, sie hing ein paar alte Fotos auf, die sie eifrig aus einem Pappkoffer holte, vergilbte Fotos, die das Vorhandensein von Ahnen bewiesen, man war ja nicht von irgendwoher gekommen, nicht erst von gestern, oh keineswegs, Señorita, Sie sollen sehen, in was für eine Familie Sie hinein wollen, auch ein Foto, wo der General Calles in der Mitte saß und links der General Vergara und da, dort hinten, der Pferdebursche des Generals, der Vater von Amparito, Romano, Rosendo und Richi. Aber Martincitas Aussehen verschlug Doña Amparo die Sprache. Bernabés Mutter konnte es mit anderen Frauen aufnehmen, die wie sie selbst waren, mit solchen, die nicht wußten, wo sie hingehörten, aber Martincita wußte das ganz genau. Sie war ein Mädchen vom Lande und hatte nie etwas anderes sein wollen. Doña Amparo blickte verstört auf den gedeckten Teetisch und die Mokkaküchlein, die sie Richi hatte holen lassen aus einer entlegenen Bäckerei. Nun wußte sie nicht, wie sie dieser kleinen Göre Tee anbieten sollte, einer Mieze, und dazu häßlich, häßlich, häßlich wie die Nacht, mein Gott war die häßlich, gegen eine hübsche Mieze hätte sie sogar kämpfen können, aber so was von Besen und anzusehen wie eine Vogelscheuche, was für Worte paßten da, wie sollte sie sagen, nehmen Sie Platz, Señorita, verzeihen Sie die Enge, aber den Anstand hat man im Herzen und auch in den Manieren, beim nächsten Mal könnten wir unsere Familienalben vergleichen, wenn Sie meinen, hätten Sie jetzt gern einen Schluck Tee, mit Zitrone oder Sahne, ein Mokkaküchlein, Señorita, Bernabé ißt französische Kuchen am liebsten, er hat schon einen guten Geschmack, wissen Sie. Sie gab ihr nicht die Hand. Sie stand nicht auf. Sie sprach sie nicht an. Bernabé flehte stumm, sprich doch was, Mama, du weißt doch, welche Worte man sagen muß, darin bist du wie die Martincita, ihr beide, ihr könnt reden, ich krieg die Worte einfach nicht raus. Komm Bernabé, sagte die Martina sehr stolz nach fünf Minuten hartnäckigen Schweigens. Bleib doch hier und trink deinen Tee mit mir, ich weiß doch, daß er dir schmeckt, sagte Doña Amparo, guten Abend, Mädchen. Die Martina wartete zwei Sekunden, dann zog sie ihr kratziges Sweaterchen zurecht und verließ schnell das Haus. Sie sahen sich noch einmal, an einem ihrer gemeinsamen Kuschelsonntage voll mit Martincitas hübschen Koseworten, aber der Ton war irgendwie anders, hart und aggressiv.

»Von klein auf wußte ich, daß ich nie eine Niña würde sein können. Du nicht, Bernabé, hab' ich schon gesehen, du nicht.«

Trennungen

Bernabé versuchte es noch einmal, diesmal über die Onkels, wie viele R's, lachte Martina und zeigte ihre Goldzähnchen, Rosendo, Romano und Richi, wie sie da saßen mit ihren Schießeisen zwischen den Beinen, nachdem sie einen ganzen Sonntagmorgen lang Kaninchen und Kröten umgebracht und danach die Aschenkräuter auf der Fläche mit den grünen geduckten Gobernadora-Pflanzen abgeschnitten hatten. Richi sagte, die Blätter des Aschenkrauts wären gut für Magenkrämpfe und das Versehen, und er stieß seinen Bruder Rosendo an, wobei er die Martincita ansah, die lächelnd an der Hand des Neffen Bernabé daherkam, und Romano sagte zu Bernabé, ihm würde ein Tee aus Aschenkrautblättern gut tun, um sich von dem Schreck zu erholen. Die drei lachten gemein, und diesmal schlug die Martincita doch die Hände vors Gesicht und lief schnell davon, und Bernabé hinter ihr her, wart' auf mich Martina, was ist denn? Die Onkels jaulten wie die Kojoten, leckten sich die Schnauzbärte, umarmten sich, hauten sich gegenseitig auf den Rücken und lachten sich tot, hör mal, Bernabé, wo hast du denn die kleine Waise aufgelesen, die ist ja rein zum Abgewöhnen, ein Neffe von uns mit so'ner Zippelgusse, die häng bloß ab, Neffe, da wollen wir dir mal was Besseres suchen, wo hast'n die aufgerissen, Jungchen, sag bloß nicht aus'm Treff vom Sonntag, Mensch bist du beknackt, Neffe, deswegen lief deine Mama so trübetimperig rum, die Arme. Aber Bernabé fand keine Worte, um ihnen zu erzählen, wie hübsch sie mit ihm gesprochen hatte und außerdem wie lieb sie war, sie hatte alles außer einem hübschen Gesicht, das wollte er ihnen sagen und konnte es nicht, sie wird mir fehlen, er sah sie über das Gelände laufen, stehenbleiben, zurückschauen, ihn zum letzten Mal erwarten, entscheide dich, Bernabé, ich mach' dir keine Magenschmerzen oder böse Träume, ich wieg' dich in Schlaf, ich bin zärtlich zu dir, ich geb' dir Süßigkeiten, Bernabé, entscheide dich, mein Schatz Bernabé. Echt zum Versehen, Neffe; ein Ding ist es, sonntags einen Dienstbolzen aufzureißen, um eine Nummer abzuziehen, aber wen du vorzeigen kannst vor den Leuten, das ist was anderes, und dafür wirst du Kies brauchen, Bernabé, komm her, sei nicht so dämlich, laß sie laufen, niemand heiratet die erste Trine, mit der er schläft, und schon gar nicht solch ein Gespenst wie deine Martincita mit der Plattvisage, was bist du doch für'n Ochse, Bernabé, Zeit wird's, daß du dich mal ranhältst und 'n Kerl wirst und deine Knete verdienst, damit du die Weiber ausführen kannst, wir haben keine Kinder gehabt, alles haben wir dir gegeben, wir rechnen mit dir, Bernabé, was brauchst du? Die Karre, die Knete, Klamotten, wie wirst du dich anziehen, was wirst du den Pummelchen sagen, Neffe Bernabé, es sind Kühe, stürz dich auf sie, wie wirst du dich an sie ranmachen, auf in den Kampf Torero, so mit Schwung, mit Schick, wie's in dem Pasodoble heißt, komm Bernabé, bring dir bei, wie du die Kanone gebrauchen mußt, es wird Zeit, halt dich an deine alten Onkels, wir haben uns für dich aufgeopfert und für deine Mama, die brauchst du nicht, vergiß sie, Bernabé, tu's für uns, jetzt bist du dran loszulegen, Junge, mit der Zicke bleibst du bloß hängen, Junge, sag uns nicht, daß wir uns umsonst aufgeopfert haben, sieh mal meine Hände an, die ganze Haut weg wie ein räudiger Hund, sieh dir die Wampe von deinem Onkel Romano an, genauso einen Fettwulst voller Luft hat er im Kopf, worauf soll der noch Lust haben, sieh dir die toten Augen von deinem Onkel Richi an, der nie nach Acapulco kam, und seine Träume, die ihm wie Grieß in den Wimpern hängengeblieben sind, ist es das, wo du hin willst, Junge? Mach Schluß und sieh zu, daß du nach oben kommst, Bernabé, ich als alter Mann sag's dir, auch wenn's dir nicht paßt, alles trennt sich einmal, so wie du dich eben jetzt von deiner Braut getrennt hast, genauso wirst du dich von deiner Mami und von uns trennen, es tut mehr oder weniger weh, man gewöhnt sich an alles, später werden dir die Trennungen ganz normal vorkommen, so ist das Leben, eine Trennung nach der anderen, nicht was sich findet, was sich trennt, macht das Leben aus, das wirst du schon erleben, Bernabé. Den Nachmittag verbrachte er zum ersten Mal seit zehn Monaten ohne Martina, er lief durch die Zona Rosa, sah sich die Autos an, die Anzüge, die Eingänge zu den Restaurants, das Schuhwerk derer, die hineingingen, die Krawatten derer, die herauskamen, er ließ den Blick herumwandern, ohne ihn allzu lange auf etwas oder jemandem ruhen zu lassen, er hatte Angst davor, eine böse Kraft, eine rasende Bitterkeit im Unterleib, im Bauch könnte ihn hinreißen, er hätte den herausstaffierten Jungen Fußtritte versetzen mögen und den hüftschwingenden Señoritas, die in den Bars und Eßlokalen in Hamburgo, Génova und Nizza ein und aus gingen, so wie er die Lichtmasten am Stadion mit Fußtritten traktiert hatte. Er latschte sonntags die ganze Insurgentes rauf und runter, die gestopft voll war mit Autos, die aus Cuernavaca zurückkamen, Stoßstange an Stoßstange, Ballonverkäufer, Eßbuden, ebenfalls rappelvoll, und er stellte sich vor, wie er die ganze Stadt zertrampeln könnte, in lauter Stückchen von Neonlicht zerbrechen und dann die Stückchen zermahlen und aufessen und dann ... Na, hallo, Bernabé. Das war gerade, als Onkel Richi, auf den er eine Wut hatte, noch bevor er sich über die Martincita lustig gemacht hatte, ihm verstohlen zuwinkte aus der Austernbar, wo er draußen saß in der Nähe der Insurgentes-Brücke.

»Jetzt hat's geklappt, Neffe. Sie haben mich als Flötisten

angenommen, und ich geh mit der Kapelle nach Acapulco. Damit du siehst, daß ich halte, was ich versprochen hab', geb' ich dir einen aus. Ich glaub' tatsächlich, das verdank' ich alles dir. Mein Boß möchte dich kennenlernen.«

Der Blonde

Er brauchte nicht mit Onkel Richi nach Acapulco zu fahren, weil ihm der Boß auf der Stelle einen Job besorgte. Bernabé lernte ihn nicht gleich kennen, er hörte nur seine tiefe und hohle Stimme, wie die eines Rundfunkansagers, hinter den Glastüren des Büros. Die Jungens sollten sich seiner annehmen. Die musterten ihn von Kopf bis Fuß in den Umkleideräumen, ein paar machten eine schweinische Geste mit den Fingern an der Nase, andere schickten ihn mit einer Handbewegung zum Teufel und zogen sich weiter an, die Unterhosen fest um den Leib und die Hoden gut verstaut. Ein langer Dunkler mit einem Pferdegesicht und harten Wimpern schnaubte ihn an, und Bernabé wollte schon auf ihn losgehen, aber ein anderer, Dunkelblonder, kam rüber und fragte, wie er sich denn gern anziehen wollte, der Chef stellte den Neuankömmlingen eine komplette Ausrüstung zur Verfügung, und er sollte sich um den Burro, den Esel, nicht kümmern, der Arme schnaubte eben *I-ah*, um seinem Namen Ehre zu machen, aber er täte keinem was zuleide. Bernabé dachte an die Anspielungen der Martina in Puebla, geh zur Armee, Bernabé, die bringen dir erst mal Schliff bei, du lernst gehorchen, dann wirst du befördert, und wenn sie dich rausschmeißen, kaufst du dir eine Knarre und arbeitest auf eigene Rechnung, so hatte sie gespaßt. Er sagte zu dem Blonden, die Uniform wäre ihm recht, er wüßte nicht, wie er sich anziehen sollte, die Uniform wär' schon recht. Der Blonde sagte, man sähe schon, man müßte sich wohl um ihn kümmern, und er suchte ihm eine Lederjacke aus, ein Paar noch fabrikneu steife Jeans und zwei karierte Hemden. Er versprach ihm, wenn er eine Braut hätte, kriegte er einen Ausgehanzug, erst mal sollte er sich hiermit begnügen, und für das Fünfkampftraining weißes Unterhemd, und Vorsicht mit den Klöten, ordentlich in den Eierbecher verstauen, denn manchmal gibt's harte Schläge. Sie brachten ihn in einer Art Militärlager unter, was aber nirgendwo dranstand, mit vielen grauen Bussen, die immer draußen warteten, und manchmal kamen Männer in Bauerntracht, die beim Hineingehen sich ein weißes Taschentuch um den Arm banden, das sie beim Hinausgehen wieder abnahmen. Sie schliefen auf Feldbetten und trainierten von frühmorgens an in einer Turnhalle, wo es nach Eukalyptus roch, das drang durch die zerbrochenen Fensterscheiben. Zuerst kamen Ringe und Barren, Reck und Bock, Gewichtheben und Pferd. Dann ging es weiter mit Stäben, Knotenschnüren, Schwebebalken und Scheibenschießen, erst am Schluß des Trainings Schlagstöcke, Gummiknüppel und Totschläger. Er sah sich in dem großen Spiegel des Umkleideraums an, nackt, scharf umrissen, das Haar naturgewellt, nicht mit der überhitzten Brennschere wie bei der armen strähnigen Martincita, seine mageren, knochigen Mestizenzüge, ein gutes Profil, nicht wie das plattgedrückte der Martincita, ein gutes Profil im Gesicht und ein gutes Profil zwischen den Beinen, am Bauch und eine grüne Kühnheit im Blick, die vorher nicht da war. Der Burro kam iahend und lachend vorbei, und sein Riemen war länger als Bernabés, und beides brachte Bernabé in Wut. Wieder hielt ihn der Blonde zurück und erinnerte ihn daran, daß der Burro nicht anders lachen konnte, er kündigte sich mit seinem Iahen an, wie er, der Blonde sich mit seinem Transistor ankündigte, immer mit der Musik vorneweg, wo man die Musik hört, da ist der Blonde. Eines Tages spürte Bernabé, daß die Erde unter seinen Turnschuhen anders geworden war. Es war nicht mehr die weiche Erde der Lomas de Chapultepec, sandig und voller Kiefernnadeln. Nun wurde in einer riesigen Sporthalle geübt, wo sie lernten, hart zu rennen, hart zu schlagen, sich hart auf Pflaster zu bewegen. Bernabé kam auf die Idee, sich auf den Burro zu konzentrieren, um sich in Wut zu bringen, gewandt zu reagieren und einen harten Schlag auf dem Nacken des Gegners zu landen. Er stieß dem langen Lulatsch mit den starren Wimpern eine Knieparade in den Bauch, daß er zu Boden ging, und der Burro brauchte zehn Minuten, um wieder zu sich zu kommen, aber dann schnaubte er und trainierte weiter, als ob nichts gewesen wäre. Bernabé hatte das Gefühl, daß es bald soweit sei. Der Blonde sagte noch nicht, hast gut trainiert, echt gut, hast dir einen Urlaub verdient. Er packte ihn in einen roten Thunderbird und sagte, amüsier dich, da steckst du die Kassetten rein, such dir selber die Musik aus, wenn du dich langweilst, stell den Minifernseher ein, da is' er, jetzt fahren wir nach Acapulco, Bernabé, ich werd dir eine Kostprobe davon geben, was das Leben ist, *ich bin mit dem Silbermond geboren, ich bin mit einer Seeräuberseele geboren, ich bin als Veracruzano zum Rumbatanzen geboren*, such dir aus, was du willst. Gar nicht wahr, sagte er sich später, ich hab' gar nichts ausgesucht, man hat für mich ausgesucht, die Gringa lag schon fertig da für mich in dem Wahnsinnsbett mit den Decken, die einem in die Augen stachen, der Boy, der wie ein Leierkastenaffe angezogen war, stand für mich da, um mir die Koffer zu tragen, noch einer, um mir das Frühstück aufs Zimmer zu bringen und den Getränkeschrank zu füllen, das einzige, was sie mir nicht geschenkt haben, weil's schon da war, waren die Sonne und das Meer. Er sah sich in den Spiegeln des Hotels an, aber er wußte nicht, ob sie ihn auch ansahen. Ob er den Frauen außer der Martincita gefiel, fand er nicht heraus. Der Blonde sagte, wenn er all das selber bezahlen wollte, müßte er eine Menge Knete verdienen, um ihn spüren zu lassen, daß man all so was nicht umsonst bekäme; sieh dir diesen roten Thunderbird an, Bernabé, er ist zwar ein Gebrauchtwagen, aber er gehört mir, ich hab ihn mir mit meinen Groschen gekauft, lachte er und sagte, von nun an würden sie sich nicht mehr so oft sehen, jetzt käme er in die Hände von Ureñita, ausgerechnet Doktor Ureñita, das wäre ein harter Brokken, ein Essiggesicht wie 'ne alte Jungfer und häßlich wie ein Baumäffchen mit Bauchschmerzen, nicht wie er, der Güero, der Blonde, der das Leben zu genießen wußte, he, du tolle Schwarze, chao, sagte er, spuckte in beide Hände, bevor er sich den kupferblonden Schopf hochstrich und im Thunderbird davonraste.

Ureñita

»Bis wohin bist du in der Schule gekommen, Verehrtester?«

»Keine Ahnung mehr, echt.«

»Sei kein Esel. Zweite Klasse, dritte?«

»Was Sie meinen, Herr Ureña.«

»Natürlich meine ich, Bernabé. Dazu sitz ich hier. Hohlköpfchen wie du kommen haufenweise her. Is' nu mal so. So ist das Rohmaterial. Mal sehen, was wir draus machen, wie wir es exportfähig machen, sozusagen.«

»Wie Sie meinen, Herr Ureña.«

»Gesellschaftsfähig, will ich damit sagen. Dialektik.

Unsere Freunde glauben, wir hätten weder Geschichte noch Ideen, weil sie solche Esel wie dich sehen, und dann lachen sie über uns. Besser so. Sollen sie das glauben. So vereinnahmen wir die ganze Geschichte, die sie leer lassen. Verstehst du mich?«

»Nein, Herr Lehrer.«

»Sie haben die Geschichte unseres Vaterlandes mit Lügen vollgestopft, um es klein zu halten, um daraus Kaugummi zu machen, wo jeder sich ein Stückchen abreißen kann, dieser ein bißchen und jener ein bißchen, und anfangs merkt man das gar nicht. Aber eines Tages wachst du auf, und dein großes, freies und geeintes Vaterland, von dem du geträumt hast, ist futsch, Bernabé.«

»Ich?«

»Ja, sogar du, auch wenn du's nicht weißt. Warum glaubst du, daß du hier bei mir sitzt?«

»Der Güero hat's gesagt. Ich hab keine Ahnung.«

»Na, dann werd' ich dir das mal beibiegen, Esel. Du bist hier, um bei der Geburt einer neuen Welt Beistand zu leisten. Und eine neue Welt kann nur aus stürmischen, abscheulichen, furchtbaren Ursprüngen geboren werden. Verstehst du mich? Die Gewalt ist die Hebamme der Geschichte.«

»Wenn Sie meinen, Herr Ureñita.«

»Gebrauch nicht die Verkleinerungsform. Verkleinerungsformen verkleinern. Wer hat dir gesagt, du sollst mich Ureñita nennen?«

»Niemand, Ehrenwort.«

»Armer Irrer. Wenn ich wollte, könnte ich dich im Handumdrehen analysieren. Sowas schicken die uns nun. Schuld daran sind John Dewey und Moisés Sáenz. Sag mal, Bernabé, hast du Angst, in Armut zu versinken?«

»Da bin ich schon, Herr Ureña.«

»Irrtum. Es gibt noch Schlimmeres. Stell dir deine

Mama als Putze vor, oder noch schlimmer, als Straßennutte.«

»Sie auch, Prof.«

»Mich kannst du nicht beleidigen, Eselchen. Ich weiß, wer ich bin und was ich wert bin. Euch kenne ich, das beschissene Lumpenproletariat. Glaubst du, ich kenn euch nicht? Als Student bin ich in die Fabriken gegangen, hab' versucht, die Arbeiter zu organisieren, ihr radikales Gewissen zu wecken. Glaubst du, die haben mir auch nur zugehört?«

»Ab und zu, Meister.«

»Umgedreht haben sie sich. Haben meine Botschaft nicht angehört. Wollten nicht die Realität sehen. Das haben sie nun davon. Die Realität hat sie bestraft, hat sich an ihnen gerächt, an all euch armen Teufeln. Ihr habt nicht die Realität sehen wollen, das war's, habt die Realität mit Hirngespinsten erledigen wollen und seid als revolutionäre Klasse gescheitert. Und trotzdem stehe ich hier, Bernabé, und versuche, was aus dir zu machen. Eins sag' ich dir: Ich gebe nicht so leicht auf. So, jetzt hab' ich gesagt, was zu sagen war. Sie haben diese Lügen über mich verbreitet.«

»Sie?«

»Unsere Feinde. Aber ich will dein Freund sein. Erzähl mir alles. Wo kommst du her?«

»Na, von da eben.«

»Hast du Familie?«

»Wie man's nimmt.«

»Mach dich nicht zu. Ich will dir helfen.«

»Aber sicher, Prof.«

»Hast du 'ne kleine Freundin?«

»Kann sein.«

»Wo willst du hin, Bernabé? Hab Vertauen zu mir. Ich hab' es zu dir gehabt, oder?«

»Wie man's nimmt.«

»Vielleicht ist die Atmosphäre im Lager allzu kühl. Möchtest du dich woanders mit mir unterhalten?«

»Ist mir egal.«

»Wir könnten zusammen ins Kino gehen, würde dir das Spaß machen?«

»Kann sein.«

»Merk dir eins. Ich kann dir helfen, denen eins auf den Hut zu geben, die dir eins auf den Hut gegeben haben.«

»Na prima.«

»Ich hab' Bücher zu Hause. Nein, nicht nur theoretische, auch weniger trockene Bücher, jede Menge Bücher, die sich Jungen gern ansehen.«

»Klingt Spitze.«

»Also dann kommst du, Jungchen?«

»Hand drauf, Herr Ureñita.«

Der Licenciado Mariano

Zu dem brachten sie ihn, als er Ureña in die Hand gebissen hatte: Der Alte soll sich totgelacht haben und wollte Bernabé kennenlernen. Er empfing ihn in einem Büro aus Leder und Eiche mit lauter Büchern von gleicher Farbe und Größe und mit Ölbildern von Vulkanausbrüchen. Er könnte ihn Licenciado nennen, sagte er, Licenciado Mariano Carreón, *der Alte* oder *der Chef*, wie sie ihn im Lager nannten, das klang so hochtrabend, nicht wahr? Ja, Chef, sagte Bernabé und fand, daß der Licenciado genauso aussah wie der Feger in der Schule, ein Feger mit Brille, einem Kopf wie eine Olive mit angeklatschten Haaren, einer Brille mit Gläsern so dick wie ein Flaschenboden und einem Mäuseschnurrbart. Er sagte, das hätte ihm gefallen, wie er dem Knallkopp Ureña geantwortet hatte, der war nämlich ein ehemaliger Roter, der jetzt für sie arbeitete, weil die andern Chefs der Bewegung meinten, ein bißchen theoretische Politur sei wichtig.

Er fand das nicht, und das würde er jetzt auch gleich sehen. Er ließ Ureña rufen, und der Theoretiker kam kleinlaut herein, mit verbundener Hand, in die Bernabé ihn gebissen hatte. Er ließ ihn ein Buch vom Regal herunterholen, irgendeins, welches er wollte, welches ihm am besten gefiele, und daraus sollte er vorlesen. Jawohl, Señor, wie Sie wünschen, Señor, sagte Ureña und las mit zitternder Stimme: *Ich konnte nicht in jedem Wesen einen Baum mit seinem kleinen Herbst auf dem Rücken lieben,* verstehst du was, Bernabé, nein, sagte Bernabé, lies weiter Ureñita, wie Sie wünschen, Señor, *und in die letzten gedemütigten Häuser, ohne Lampe, ohne Feuer, ohne Brot, ohne Stein, ohne Stille, allein, rollte ich, meinen eigenen Tod sterbend,* lies nur weiter Ureñita, nicht schlapp machen, der Junge soll kapieren, was das für ein Blödsinn ist, die Kultur, *Stein auf Stein, der Mensch, wo ist er geblieben, Luft in der Luft, der Mensch, wo ist er geblieben? Zeit in der Zeit,* Ureña hustete, bat tausendmal um Verzeihung, *warst auch du jenes zerbrochene Stückchen eines unvollendeten Menschen,* stop, Ureñita, hast du was verstanden, Junge? Bernabé schüttelte den Kopf. Der Alte befahl Ureña, das Buch in einen Trumm von Aschenbecher aus Tlaquepaque-Glas zu legen, das so ähnlich aussah wie die Brillengläser des Licenciado, genau da rein, und es mit einem Streichholz anzuzünden, aber dalli, marsch-marsch, Ureñita, sagte der Licenciado Carreón und lachte kurz, aber gar nicht lustig, und während die Seiten brannten, ich hab' nichts von all dem zu lesen brauchen, um dahin zu kommen, wo ich bin, wer weiß, ob mich das nicht sogar behindert hätte, Ureñita, wozu hätte das der Bengel hier brauchen sollen? Er meinte, Bernabé hätte ganz recht gehabt, ihn zu beißen, und wenn

Sie mich fragen, wozu ich diese Bibliothek hier habe, dann sag' ich Ihnen, um jeden Moment daran zu denken, daß noch eine Menge Bücher brennen müssen. Schau mal, Junge, sagte er zu Bernabé und funkelte ihn mit aller Macht durch seine acht Schichten erstarrtes Glas an, jeder Schlappschwanz kann dem klügsten Kopf der Welt eine Kugel durch den Schädel jagen, vergiß das nicht. Das sollte er sich hinter die Ohren schreiben, sagte er, er freute sich, es erinnerte ihn an früher, es machte ihm wieder Mut, und wie hätte er sich gefreut, sagte er, als er ihn einlud mit ihm wegzufahren, in einem Galaxy, der schwarz war wie ein Leichenwagen, mit dunklen Scheiben, so daß man nach draußen, aber nicht ins Innere sehen konnte, wenn vor vierzig Jahren jemand dagewesen wäre, der sich um ihn gekümmert hätte, jemand wie er heute, den General Almazán haben sie bei den Wahlen aufs Kreuz gelegt, aber der Sinarquismo hätte sich um Leute wie sie gekümmert, so würden sie es jetzt machen, da kannst du sicher sein, hättest du uns gehabt, wär' dein Leben und das deiner Eltern anders verlaufen. Besser. Aber nun hast du uns, mein Junge, Bernabé. Er bestellte den Fahrer gegen fünf zurück und lud Bernabé zum Essen ein, sie traten in eins der Restaurants in der Zona Rosa, die Bernabé eines Sonntags voll Wut nur von außen gesehen hatte, alle Ober und Kellner verbeugten sich vor ihnen wie die Ministranten bei der Messe, Señor Licenciado, Ihr Separé ist fertig, hier, bitte sehr, Señor, wie Sie befehlen, Jesús Florencio, du hast Erfahrung, ich überlasse dir den Señor Licenciado. Bernabé merkte, daß der Alte gerne aus seinem Leben erzählte, wie er über Nacht aus dem Hinterletzten der Stadt gekommen war, mit Hartnäckigkeit, ohne Bücher, mit einer Vorstellung von der Größe des Vaterlandes, das ja, damit hatte er sich dahin gekämpft, wo er nun war. Sie aßen gegrillte Meeresfrüchte und tranken Bier, bis der

Blonde sie mit einer Nachricht unterbrach, und der Alte hörte zu und sagte, das Arschloch bring mal rein, und zu Bernabé: Iß ruhig weiter. Der Alte erzählte ruhig seine Geschichtchen weiter, und als der Blonde mit einem durchscheinenden, eleganten Herrn zurückkam, sagte der Alte bloß, guten Abend, Herr Minister, hier mein junger Güerito wird Ihnen erzählen, was Sache ist. Der Alte machte sich bedachtsam über seinen Hummer Thermidor her, und der Blonde packte den Minister beim Schlips und überschüttete ihn mit einem wahren Rosenkranz von Verbalinjurien, er solle mal lernen, wie man mit dem Señor Licenciado Carreón umginge, hier gäb's kein Überspringen, wenn man zum Herrn Präsidenten wolle, diese Sachen liefen zu allererst über den Señor Licenciado Carreón, denn dem verdankte der Herr Minister ja wohl seinen Job, okay? Und der Alte sah weder den Güero an noch den Minister, sondern nur Bernabé, und in dem Blick jenes Augenblicks las Bernabé, was er lesen sollte, was der Alte wollte, daß er lesen sollte, du kannst auch so werden, du kannst die da oben genau so behandeln, ohne daß dir was passiert, Bernabé. Der Alte ließ die Reste des Hummers abräumen, und der Kellner Jesús Florencio verbeugte sich flink, als er den Herrn Minister sah, aber als er das Gesicht des Señor Licenciado Carreón ansah, grüßte er den Herrn Minister lieber nicht, sondern räumte eifrig die gebrauchten Teller ab. Da er seinen Blick mit niemandem kreuzen konnte, kreuzten Bernabé und Jesús Florencio die ihren. Der Kellner gefiel Bernabé. Er spürte, daß er mit dem reden könnte, weil sie ein Geheimnis teilten. Auch wenn der katzbuckeln mußte wie die andern, er hatte sich sein Leben verdient, und sein Leben gehörte nur ihm. Er erfuhr das, weil sie sich verabredeten, Jesús Florencio fand Gefallen an Bernabé und warnte ihn, Vorsicht, wenn du hier als Kellner arbeiten willst, helf' ich dir, in der Politik geht's auf und ab, und der Minister wird dir nicht verzeihen, daß du dabei warst, wie der Licenciado ihn gedemütigt hat, aber auch der Licenciado wird dir nicht verzeihen, daß du dabei warst, als er jemanden demütigte, an dem Tag nämlich, wo er selbst gedemütigt wird.

»Trotzdem, gratuliere. Ich glaub, du hast's geschafft, Junge.«

»Glaubst du, Mann?«

»Laß mich nicht hängen«, lächelte Jesús Florencio.

Pedregal

Bernabé merkte gleich, das war eine Gegend mit Namen. Der Alte nahm ihn mit in sein Haus auf dem Pedregal und sagte, mach's dir bequem, tu so, als ob ich dich adoptiere, lauf rum, wo du möchtest, und freunde dich mit den Jungens aus der Küche und der Verwaltung an. Er ging in dem Haus aus und ein, das zu ebener Erde anfing mit den Wirtschaftsräumen, aber dann ging es, anstatt aufwärts, abwärts über eine Rampe aus scharlachrotem Beton wie durch eine Art Krater bis zu den Schlafzimmern und schließlich zu den Wohnräumen unter der Erde, die auf ein in den Mittelpunkt des Hauses eingelassenes Schwimmbassin hinausgingen, das aber von Unterwasserstrahlern beleuchtet wurde, und von oben kam das Licht durch ein Dach aus himmelblauen Glasscheiben, das wie ein Hut über der ganzen Villa saß. Die Gattin des Licenciado Carreón war ein Pummel mit kohlschwarzen Korkenzieherlocken, Heiligenmedaillons baumelten ihr unter dem Doppelkinn, auf den Brüsten und an den Handgelenken, und als sie ihn sah, fragte sie, was er denn wäre, Terrorist oder Leibwächter, ob er käme, sie zu vergewaltigen oder zu beschützen, das wär' aber egal, die wären doch alle gleich, die Burschen. Die Señora fand ihren Witz sehr komisch. Man hörte sie schon von ferne kommen, am Geklingel, wie den Güero und sein Transistorradio, wie den Burro und sein Iah. Bernabé hörte sie oft in den ersten zwei oder drei Tagen, als er ganz verdattert durchs Haus lief und darauf wartete, daß der Alte ihn rufen und ihm was zu tun geben werde, wenn er die Porzellannippes, die Vitrinen und die Vasen antippte und bei jeder Gelegenheit auf die Señora stieß, die immer lächelte, so wie sein Vater Andrés Aparicio immer gelächelt haben sollte. Eines Nachmittags während der Siesta hörte er Musik, diese schmalzigen Boleros, und er fühlte sich so wohlig schlaff und irgendwie aufgekratzt wie damals, als er sich im Spiegel des Hotels in Acapulco angesehen hatte, die leise traurige Musik lockte ihn, aber im zweiten Stock verlief er sich und kam durch eine der Toiletten in einen Umkleideraum mit Dutzenden von Kimonos und Strandsandalen mit Schaumgummiabsatz, und die Tür war halboffen.

Das Bett, groß wie das im Hotel in Acapulco, war mit Tigerfellen bedeckt, und am Kopfende sah er ein Wandbord mit Leuchtern und Heiligenbildern und darunter ein Tonbandgerät wie das, was der Güero in seinem gebrauchten Thunderbird hatte, und auf den Fellen lag die Señora Carreón splitterfasernackt bis auf ihre Heiligenmedaillons, besonders eins in Form einer Muschel mit dem Bild der Jungfrau von Guadelupe in Gold obendrauf, das hatte sich die Señora aufs Geschlecht gelegt, und der Chef Mariano kam auf sie zugekrochen, um es mit der Zunge hochzuheben, und die Señora lachte ganz hoch und kokett wie eine Fünfzehnjährige und sagte, nein, Herrchen, nein, mein König, verschone deine kleine Jungfrau, und er auf allen Vieren, nackicht, mit Eiern blau vor Kälte wahrscheinlich, wollte immer an das Muschelmedaillon ran, ach, mein scharfes Dickerchen, ach, meine süße kleine Hure, meine duftende kleine Nutte, meine Göttin mit den Perlmuttlocken, laß deinen Papi deine süße kleine Jungfrau segnen, mein Liebling; und der Bolero auf dem Tonband spielte die ganze Zeit *ich weiß, ich werde nie dein Mündchen küssen, dein rotes Pupurmündchen, ich weiß, ich werde nie zum Quell der rasenden Leidenschaft deines Lebens vordringen.* Die Jungens von der Verwaltung und in der Küche sagten später, man sieht, der Alte hat einen Narren an dir gefressen, Junge, das nutz aus, denn er schützt dich gegen alles. Laß die Brigade sausen, wenn du kannst, das ist gefährliche Arbeit, wirst schon sehen. Aber hier in der Küche und der Verwaltung, da haben wir ein feines Leben. Der Güero ging durch die Verwaltung und telefonierte, und dann lud er Bernabé ein, mit ihm in dem Jaguar des Fräulein Tochter der Herrschaften Carreón eine Runde zu drehen, sie war in einem Internat, um Manieren zu lernen, in einem Kloster in Kanada, und der Wagen mußte ab und zu bewegt werden, um nicht einzurosten. Er sagte, die Jungens in der Verwaltung haben recht, der Alte hat irgendwas an dir gesehen, daß er dich wie seinen Sohn behandelt. Nutz das aus, Bernabé. Tritt bei den Leibwächtern ein, und du bist ein gemachter Mann, sagte der Güero, der den Jaguar der Niña jagte wie ein Jockey ein Rennpferd beim Training, Ehrenwort, da bist du aus 'm Schneider, Mann. Da hörst du nämlich sämtlichen Klatsch, und dann kann dir keiner an den Karren fahren, dann hast du die alle in der Hand, wie 'n Vampir sozusagen, außer sie machen dir für immer die Klappe dicht. Aber wenn du deine Karten gut ausspielst, tja, da hast du alles, Knete, Frauen, Wagen, und du ißt sogar dasselbe wie sie. Aber der Chef Mariano hat doch studieren müssen, antwortete Bernabé, der wurde erst Licenciado, und danach hat er sich aufgebaut. Der Blonde lachte herzlich und sagte, der Alte wär' über die Grundschule nie hinausgekommen, den Licenciado hätte man ihm angehängt, weil in Mexiko alle wichtigen Leute so betitelt werden, auch wenn sie ein Gesetzbuch nicht mal von außen gesehen haben, sei doch nicht blöd, Bernabé. Du mußt dir darüber klar sein, daß jeden Tag ein Millionär geboren wird, der eines Tages wünscht, daß du ihm sein Leben, seine Gören, seine Knete, seine Klunker beschützt. Und weißt du warum, Bernabé? Weil jeden Tag auch tausend Kerle wie du geboren werden, die nur darauf warten, dem Reichen in den Arsch zu treten, der am selben Tag wie du geboren ist. Einer gegen tausend, Bernabé. Sag nicht, die Wahl ist nicht leicht. Wenn wir da bleiben, wo wir geboren wurden, holt uns der Deubel. Besser, wir arrangieren uns mit denen, die uns holen wollen, das ist doch wie zwei und zwei gleich fünf, oder? Der Alte rief ihn in die Bar am Schwimmbad und nahm Bernabé mit, er sollte mal kommen und sich das Farbfoto von seiner Tochter Mirabella ansehen, das da an der Wand hing, war die nicht hübsch? Die war ja auch mit Liebe gemacht worden, mit Gefühl und Leidenschaft, denn ohne die ist das Leben nichts oder, Bernabé? Er sagte, er sähe sich in ihm, mit nichts, kein Dach überm Kopf, aber die ganze Zukunft vor sich. Darum beneidete er ihn, sagte er und sah ihn an durch seine feucht beschlagene Brille, denn wenn du erst alles erreicht hast, dann kriegst du plötzlich einen Haß auf dich selbst, einen Haß, weil du die Langeweile und den Streß, dich da oben zu halten, nicht mehr aushältst, siehste? Einerseits graut's dir davor, wieder da unten zu landen, woher du gekommen bist, aber andererseits brauchst du den Kampf, um bis ganz nach oben zu kommen. Er fragte ihn, ob er nicht gern eines Tages ein Mädchen wie die Mirabella heiraten würde, oder hätte er eine Freundin? und Bernabé verglich das Mädchen in rosa Wolken auf dem retuschierten Foto mit der Martincita und ihrer todsicheren elenden Zukunft, aber er wußte nicht, was er dem Señor Licenciado Mariano antworten sollte, denn Ja oder Nein würde ihn gleichermaßen beleidigen, und außerdem hörte der Alte Bernabé gar nicht zu, er hörte sich selber zu und glaubte, es sei Bernabé, der sprach.

»Den Schmerz, den einer fühlt, den hat er das Recht auch die andern fühlen zu lassen, Junge. Das ist die heilige Wahrheit, das kann ich dir sagen.«

Die Brigade

Ihr sammelt euch in Puente de Alvarado und versucht durch Rosales bis zum Caballito vorzustoßen. Wir stehen in den grauen Bussen in Héroes und Minas im Norden und in Ponciano Arriaga und Basilio Badillo im Süden, so schneiden wir sie von allen Seiten ab. Ihr tragt alle die weiße Armbinde und das weiße Baumwollhalstuch und habt eure Taschentücher mit Essig bereit als Gasschutz, wenn die Polente anrückt. Wenn die Demonstration anderthalb Blocks vom Caballito entfernt ist, kommt ihr in Héroes durch die Rosales runter und greift von hinten an. Schreit *Viva Che Guevara*, immer wieder und möglichst laut, daß kein Zweifel aufkommt, auf welcher Seite ihr steht. Beschimpft die von der Demonstration als Faschisten. Ich wiederhole: *Fa-schi-sten.* Hört gut zu, schafft totale Verwirrung, was man so das Sporengeklirr von Amozoc nennt, und dann schlagt zu, rücksichtslos, mit Totschlägern und Gummiknüppeln, und jetzt könnt ihr schreien, was ihr wollt, legt los, Jungens, gönnt's euch, die von Süden kommen, werden *Viva Mao* rufen, aber die sprengt ihr auseinander, ganz egal, nehmt das Ganze wie ein Volksfest, laßt die Fetzen fliegen, ihr seid die echte Sperber-Brigade, und jetzt werdet ihr vor Ort zeigen, was ihr gelernt habt, Jungens, auf der Straße, auf dem Asphalt, gegen Lichtmasten und eiserne Rolläden, schmeißt Steine in die Geschäfte, soviel ihr könnt, das bringt die Leute gegen die Studenten auf, aber wichtig ist, wenn ihr die trefft, dann voll drauf, da gibt's kein Mitleid, Fußtritte, Tiefschläge, in die Eier; du und du, nur ihr beiden mit Eispickeln für alle Fälle, und wenn ihr einem von den Roten ein Auge ausschlagt, macht nichts, gilt als Warnung, und wir hier stehen hinter euch, das wißt ihr, das schreibt euch hinter die Ohren, Leute, hier stehen wir hinter euch, also los mit Gott befohlen und macht's gut, die Straße gehört euch, du, wo bist du geboren? und du? Azcapotzalco, Balbuena, Xochimilco, Canal del Norte, Atlampa, Colonia Tránsito, Mártires de Tacubaya, Panteones? Also heute kommt die Rache, meine kleinen Sperber, denkt nur daran, heute gehört euch die Straße, wo so viele euch angeschissen haben, und nun scheißt sie alle an, Bestrafung gibt's keine, es ist wie die Eroberung von Mexiko, wer gewinnt, hat gewonnen, und damit hat sich's, heute geht ihr auf die Straße, meine jungen Sperber, und ihr rächt euch, an jedem Dreckskerl, der euch mal hat fühlen lassen, daß ihr nichts seid, für jede Verachtung, die ihr in eurem Scheißleben habt spüren müssen, für jede Beleidigung, die ihr nicht zurückgeben konntet, für jedes Essen, das ihr nicht essen konntet, für die Mädchen, die ihr nicht ficken konntet, ihr geht auf die Straße und vergeltet's dem Hauswirt, der euch die Miete erhöht hat, und dem Rechtsverdreher, der euch auf die Straße gesetzt hat, und dem Quacksalber, der eure Mama nicht operieren wollte ohne die fünftausend auf den Tisch, ihr verprügelt die Kinder von euren Ausbeutern oder? Die Studenten sind die Kinder der Reichen, die werden auch mal Hauswirte und Tintenkleckser und Bauchaufschneider wie ihre Papis, ihr sollt euch austoben, Schmerz mit Schmerz bezahlen, meine Brigade junger Sperber, ihr wißt, absolute Ruhe in den grauen Bussen, dann anschleichen wie die Raubtiere, und dann rin ins Vergnügen, immer feste druff, holt raus aus euch, was ihr könnt, denkt ans mißbrauchte Schwesterchen, an die geschundene Mama, die auf Knien Böden schrubbt und wäscht, an den abgerackerten Papa, dem die Finger krumm geworden sind von all dem Mist, in dem er hat herumkratzen müssen, heute ist's an euch, das alles zu vergelten, meine jungen Sperber, heute und nie wieder, daß ihr mir nicht kneift, keine Sorge, die Polizei wird euch an den Halstüchern und den Armbinden erkennen, die werden so tun, als ob sie euch verdreschen, macht das Theater mit, sie werden den einen oder anderen zum Schein einbuchten, um die Presse irrezuführen, aber wichtig ist, daß morgen die Presse schreibt: Zusammenstoß zwischen Linksstudenten, Unruhen mitten in der Hauptstadt, die kommunistische Verschwörung erhebt ihr Haupt, sofort abschlagen! Schützt die Republik vor der Anarchie, und ihr, meine kleinen Sperber, denkt nur daran, wenn's andern an den Kragen geht, euch nicht, da könnt ihr euch drauf verlassen, und jetzt feste, hört das Gerenne auf dem Asphalt, die Straße ist euer, erobert die Straße, tretet fest auf, hinein in den Rauch, keine Angst vor dem Rauch, die Stadt geht in Rauch auf. Nichts zu machen.

Seine Mutter Doña Amparo wollte ihn nicht besuchen wegen der Schande, berichteten die Onkels Rosendo und Romano, sie wollte sich nicht damit abfinden, daß ein Sohn von ihr eingebuchtet wäre; Richi war endlich fest angestellt bei der Band in Acapulco und schickte ab und zu hundert Pesos für Bernabés Alte; sie schämte sich zu Tode und wollte ihn nicht mehr kennen, und Romano sagte zu ihr, schließlich hätte ihr Mann Andrés Aparicio ja auch einen totgetrampelt. Ja, erwiderte sie, aber er ist nie ins Gefängnis gekommen, das ist der Unterschied. Bernabé ist der erste der Familie, der sitzt. Soweit du weißt, Mädchen. Aber die Onkels sahen Bernabé anders an, auch irgendwie fremd; er war nicht mehr der kleine dumme Junge, der auf den Ziegeln saß, während sie Kaninchen und Kröten schossen auf der aschengrauen Ebene. Bernabé hatte einen Jungen umgebracht, war mit einem Eispikkel auf ihn losgegangen bei den Unruhen in Puente de Alvarado, hatte ihm den in die Brust gerannt und gespürt, daß die Eingeweide des verletzten Jungen stärker waren als das kalte Eisen von Bernabés Waffe, aber trotzdem siegte der Eispickel über die Eingeweide, die Eingeweide saugten gewissermaßen den Eispickel in sich ein, wie ein Liebender den andern in sich einsaugt. Der Junge hörte gleichzeitig zu lachen und zu schnauben auf, lag da und starrte mit seinen verkrusteten Wimpern auf die Neonbogenlampen. Der Güero besuchte ihn und brachte die Nachricht, er brauchte sich nicht zu sorgen, man müßte ein bißchen Wind machen, er verstünde das sicher, in ein paar Tagen würden sie ihn freilassen, bis alles ausgebügelt wäre und man zeigen könnte, daß doch Gerechtigkeit geschähe. Aber auch der Blonde war nicht wie sonst, und erstmals stotterte er und kriegte sogar Tränen in die

Augen. Warum mußtest du denn einen umlegen und noch dazu einen von den Unseren, Bernabé? Hättste besser hingesehen. Außerdem kanntest du doch den Burro, armer Burro, blöd war er ja, aber im Grunde ein guter Kerl. Warum, Bernabé? Jesús Florencio dagegen, der Kellner, der kam einfach als Freund und sagte, wenn er wieder draußen wär', sollte er bei ihnen im Restaurant arbeiten kommen, das könnte er mit dem Besitzer regeln, und er würde ihm auch sagen, warum. Der Licenciado Mariano Carreón hatte sich an dem Tag der Zusammenstöße im Zentrum im Restaurant besoffen, war sehr aufgeregt, legte dann los und erzählte allen seinen Freunden, da wäre ein junger Kerl, der ihn an so vieles erinnert hätte, zuerst daran, wie Don Mariano selber als Junge gewesen war, und dann an einen Mann, den er vor zwanzig Jahren kennengelernt hatte, in einer Genossenschaft im Staat Guerrero, einen kleinen Agronomen, der nicht nachgegeben hatte, der angeblich das Recht im Staat hatte aufrichten wollen und den ohne viel Federlesens der Teufel geholt hatte. Der Licenciado Mariano erzählte, wie er den Widerstand gegen den Ingenieur Aparicio organisiert hätte, indem er sämtliche Familien hätte auf Einigkeit machen lassen, arm und reich gegen den von draußen, der seine Nase da reinsteckte. Nichts leichter als den Lokalpatriotismus in der Provinz auszuschlachten. Hauptsache, hatte Mariano Carreón gesagt, das Kazikenwesen wird gestärkt, denn wo es kein Gesetz gibt, schafft der Kazike Ordnung, und ohne Ordnung gibt es keinen Besitz und keinen Reichtum, kurz ausgedrückt, meine Herren, sagte er zu seinen Freunden. Dieser kleine Ingenieur hatte so eine Art heiligen Zorn, eine Kreuzrittermentalität, die den Señor Licenciado Carreón ärgerte. Während der nächsten zehn Jahre versuchte er, ihn rumzukriegen, bot ihm dies und das, Beförderungen, Häuser, Geld, Reisen, Frauen,

Straffreiheit eben. Nichts. Der kleine Ingenieur Aparicio wurde ihm zu einer Manie, und weil er ihn nicht kaufen konnte, versuchte er ihn zu ruinieren, ihm Schwierigkeiten zu machen, Beförderungen zurückzuhalten, ihn sogar aus einem Mietshaus rauszugraulen, wo er wohnte, irgendwo im Stadtteil Guatemala, und ihn in die verlorenen Städte des Elendsgürtels zu schicken. Aber die Manie des Licenciado Mariano ging so weit, daß er alle Grundstücke aufkaufte in der Gegend, wo Andrés Aparicio und seine Familie und die anderen Familien der Hausbesetzer hinzogen, damit niemand sie an die Luft setzen konnte, und er sagte, nein, da sollen sie bleiben, die Alten werden sterben, von der Ehre allein kann niemand leben, und Menschenwürde wird einem nicht nachgeschmissen, es ist ganz gut, eine Brutstätte von zornigen jungen Leuten zu haben, damit ich die auf den Weg bringe, wenn sie groß sind, mein Nest von jungen Sperbern. Er erzählte, er habe es tagtäglich genossen, daß der kleine Ingenieur, der sich nicht hatte kaufen lassen, mit seiner Frau und seinem Sohn und den Drückebergern von Schwägern auf einem Grundstück wohnte, das dem Licenciado Mariano gehörte, ausschließlich von seiner Gnade. Aber den ganz großen Genuß, den hatte der kleine Ingenieur doch noch zu erfahren bekommen. Der Licenciado schickte nämlich einen seiner Waffen-Schränke los, damit er das alles deinem Vater erzählen sollte, Bernabé, du hast die ganze Zeit von dem Almosen meines Chefs gelebt, du dreckiger Bettler, zehn Jahre als Almosenempfänger, du der du sauber geblieben bist, und dein Vater hatte nie aufgehört zu lächeln, bloß damit er nicht alt aussähe, außer einem einzigen Mal, da ist er auf den Leibwächter des Licenciado losgegangen und hat ihn zu Tode getrampelt, und dann ist er verschwunden, für immer, denn ihm war nur noch die Ehre geblieben, als tot zu gelten, und nicht eingebuchtet zu werden wie du, ein paar Tage, Bernabé. Besser du weißt das, sagte Jesús Florencio, damit du siehst, daß es nicht ganz so sicher ist, was man dir hier anbietet. Eines Tages triffst du einen richtigen Mann, und dann kannst du dir deine Straffreiheit im Mond suchen. Es muß gar nicht so komisch sein, die ganze Zeit unter Schutz herumzulaufen, mit der Angst, wenn der Alte mich nicht beschützt, bin ich keinen Scheißdreck wert. Bernabé schlief auf seiner Pritsche ein, bis über den Kopf beschützt von der dünnen Wolldecke, und im Schlaf redete er mit dem feigen Alten, du hast dich nicht getraut, meinem Vater unter die Augen zu treten, mußtest ihm einen Schläger schicken, und den Schläger hat er dir totgeschlagen, du Hosenscheißer. Aber dann hatte er einen Traum, in dem er immerzu rollte, stumm sterbend rollte wie ein kaputtes Stückchen Mensch, was? Mensch was? Er träumte und konnte seinen Traum nicht trennen von einem undeutlichen, aber ungestümen Wunsch, daß alles, was je existiert hätte, für alle da sein sollte, für alle gemeinsam, das Wasser, die Luft, die Gärten, die Steine, die Zeit.

»Der Mensch, wo war er geblieben?«

Der Alte

Als er aus dem Knast kam, haßte er ihn für all das, was er seinem Vater angetan hatte, was er ihm angetan hatte. Der Blonde holte ihn ab am Eingang vom Schwarzen Palast und packte ihn in den roten Thunderbird, *einmal nur gibt man seine Seele auf mit der süßen und rückhaltlosen Hingabe,* he Leute, wo euer Blonder ist, da gibt's Musik und Lebenslust. Er sagte zu Bernabé, der Alte erwarte ihn im Pedregal, wann immer der Junge vorbeikommen wolle. Es tat ihm schrecklich leid, daß Bernabé zehn Tage lang im Lecumberri eingesessen hätte. Aber der Chef hatte noch mehr Pech gehabt, Bernabé wußte das ja nicht, er las ja keine Zeitungen und gar nichts. Es zog sich nämlich ein Gewitter überm Alten zusammen, weil er angeblich die ganze Sache provoziert hätte, und es drohte ihm, als Gouverneur nach Yucatán geschickt zu werden, was so ist, als wenn du zum Arbeiten auf den Mond geschickt wirst, aber er sagt, er wird sich schon an seinen politischen Feinden rächen, und dafür braucht er dich. Du wärst der schneidigste von allen in der Brigade gewesen, hat er gesagt. Auch wenn du den armen Burro ins Jenseits befördert hast, aber der Alte sagt, er versteht deinen Zorn, er ist genau so. Bernabé flennte wie ein Säugling, alles schien ihm so beschissen, und dem Güero fiel nichts weiter ein, als die Musik aus der Kassette abzustellen, so aus Respekt, und Bernabé bat, ihn auf der Calzada de Azcapotzalco abzusetzen, in der Gegend des Spanischen Friedhofs, aber der Güero sorgte sich doch und fuhr im Schrittempo hinter ihm her, während Bernabé auf dem Erdweg weiterging, an den Blumenverkäufern vorbei, die die großen Kränze aus Gardenien zurechtmachten, und an den Marmorschleifern vorbei, die die Grabplatten ziselierten, die Namen, die Daten, den Anfang und das Ende jedes Mannes und jeder Frau. Wo waren sie geblieben? wiederholte er sich und erinnerte sich an das Buch, das auf Befehl des Licenciado Carreón verbrannt worden war. Der Güero entschied sich für Geduld und wartete auf ihn, bis er nach einer Stunde aus dem Friedhofsgitter kam, und er witzelte, heute bist du zweimal aus Gittern herausgekommen, paß bloß auf, Mann. Bernabé trat in das Haus auf dem Pedregal noch mit Haß auf den Alten, aber er tat ihm leid, kaum daß er ihn sah, mit seinem Gesicht wie ein kurzsichtiger Straßenfeger, an ein Mordsglas Whisky geklammert wie an einen Rettungsring. Er tat ihm leid, als er wieder daran dachte, wie der splitterfasernackt auf allen Vieren mit eiskalten Eiern herumkroch und mit der grausamen Zickigkeit seiner Frau fertig werden wollte. Hatte die Mirabella am Ende kein Recht darauf, in eine Benimmschule zu gehen, anstatt in einem Verschlag aus Blech und Pappe in der verlorenen Stadt zu wohnen? Er trat in das Haus auf dem Pedregal, er sah den zerschmetterten Alten, und er fühlte Mitleid mit ihm, aber auch die Gewißheit, daß ihm hier nichts Schlechtes zustoßen würde, hier würde ihn keiner verlassen, hier würde der Alte ihn nicht dazu verdonnern, Scheiben zu putzen, denn der Alte würde nicht das Recht im Staat Guerrero aufrichten wollen, er würde nicht verhungern, bloß um sich rein wie eine Hostie zu fühlen, der Alte war kein Idiot wie sein Alter, sein Alter Mariano Carreón, sein Alter Andrés Aparicio, ach lieber Alter, verlaß mich nicht. Der Licenciado ließ den Güero einen kleinen Whisky einschenken für den Jungen, der sich so tapfer gehalten hatte, und er sollte sich keine Sorgen machen, die Politik ist nichts weiter als ein langer Atem, darin ist sie wie die Kirche, und die Stunde der Abrechnung mit denen, die gegen ihn intrigierten und ihn ins Exil auf die Halbinsel zu schicken versuchten, die würde schon noch kommen. Er wollte, daß Bernabé, der in der Stunde der Keilerei zu ihm gehalten hatte, auch in der Stunde der Abrechnung bei ihm wäre. Die Brigade würde einen anderen Namen bekommen, sie war zu bekannt geworden, eines Tages würde sie wieder auftauchen, weiß wie Schnee, gebleicht von der Sonne der Rache gegen die Kryptokommunisten, die sich in die Regierung eingeschlichen hatten, aber nur für sechs Jahre, gesegnet sei das Prinzip der Nichtwiederwahl, und dann raus mit den Roten, und das Pendel schlägt zurück, das würden sie schon sehen, und dann wären sie wieder an der Reihe, denn sie könnten lange lange lange warten, wie die Steingötzen im Museum, he? Und dann gäb's kein Halten mehr. Er umarmte Bernabé und sagte, es gäbe kein Schicksal, das man nicht durch Verachtung überwinden könnte, und zum Güero: er wollte jetzt niemanden sehen, nicht ihn und nicht den kleinen Bernabé und keinen von den jungen Leibwächtern, solange die Niña Mirabella im Hause wäre, die morgen aus Kanada zurückkäme. Sie fuhren ins Lager zurück, und der Güero gab Bernabé einen Revolver, um sich zu verteidigen, und sagte, er brauchte sich nicht zu sorgen. Der Alte hätte recht, wenn sie erst mal am Rollen wären, hielte sie niemand, *sieh mal den Stein da, der nicht mehr anhält,* Scheiße, sagte der Güero mit einem sehr schlauen und tückischen Blick, den Bernabé noch nicht an ihm gesehen hatte, sogar aus den Händen des Alten persönlich könnten sie sich davonstehlen, wenn sie wollten, wußte er, Bernabé, nicht schon alles, was man wissen müßte, wie man die Dinge organisieren müßte, sich an einen Stadtteil ranmachen, die Jungens zusammentrommeln, mit Schleudern anfangen, wenn's nötig wäre, dann Ketten, dann Eispickel wie der, den du benutzt hast, um den Burro umzubringen? Es war doch ganz einfach, es handelte sich nur darum, eine Art unsichtbares, aber allgemeines Angstklima zu schaffen, wir haben Angst davor, ständig unter Schutz zu leben, die haben Angst davor, ständig ohne Schutz zu leben. Kannst dir's aussuchen, Junge. Aber Bernabé hörte ihm nicht mehr zu und antwortete auch nicht. Er dachte an seinen Besuch heute morgen auf dem Friedhof, an die Sonntage mit der Martincita, wo sie in der Krypta einer anständigen Familie gebumst hatten, an einen alten, weggetretenen Mann, der hinter einer Zypresse urinierte, mit einer Glatze, lächelnd wie ein Idiot, immer nur lächelnd, der danach mit offenem Hosenschlitz davonschlenderte, unter der Sonne, die mittags in Azcapotzalco wie eine große gelbe Pfefferschote brannte. Bernabé schämte sich. Hoffentlich kommt der nicht zurück. Es genügt ein undeutliches Erinnern, ein Nichtkennen. Er besuchte seine Mutter, als er einen neuen Anzug bekam und einen Mustang, gebraucht, aber für ihn ganz allein, und er versprach ihr, nächstes Jahr würde er für sie ein sonniges sauberes Häuschen in einer ordentlichen Siedlung haben. Sie versuchte mit ihm zu reden wie einem Kind, mein Liebling, du bist anständig, mein Herzblatt, du bist kein Nichtsnutz wie die anderen, sie versuchte das gleiche zu ihm zu sagen, was sie früher vom Vater gesagt hatte, *ich hab nie geträumt, daß du tot wärst,* aber für Bernabé war die Stimme seiner Mutter nicht mehr zärtlich oder fordernd, sie bedeutete einfach das Gegenteil von dem, was sie sagte. Dankbar war er dagegen dafür, daß sie ihm die schönsten Hosenträger seines Vaters schenkte, die mit den roten Streifen und den vergoldeten Schnallen, die der Stolz von Andrés Aparicio gewesen waren.

Anmerkungen der Übersetzerin

5 Motti: *Landschaft in klarem Licht* (eigentlich »La región mas transparente«, die *durchsichtigste Gegend*) ist analog zu dem deutschen Titel des gleichnamigen Romans von Carlos Fuentes übersetzt (1960, dt. 1974). *Verbranntes Wasser* (span. »Agua quemada«) ist die Übersetzung des altmexikanischen *atl tlachinolli.*

13 *Licenciado:* s. Anm. zu Seite 147.

15 *Vergara:* Durch die Silbentrennung *Verga-ra* wird der durchaus nicht ungewöhnliche spanische Nachname zu einem Spottnamen verfremdet. »Verga« heißt *Rute,* mit der gleichen Doppelbedeutung wie im Deutschen.

General Tompiates: Die wörtliche Übersetzung des angehängten Verses lautet: *General Tompiates, nimm deine Avocados* (Erklärung wohl unnötig) *in acht, mach dich nur lustig, aber bring mich nicht um.* – Aztekisch/span. »Tompeate« bzw. »Tompiate« ist ein aus Palmblättern geflochtener Wedel zum Feueranfachen, Plural »Tompiates« in Mexiko: *Hoden.* Die Neigung zu sexuell-obszönen Assoziationen ist im ibero-amerikanischen Raum zwanghaft (nicht nur bei Männern) und wird in der modernen Literatur oft als Stilmittel zur Betonung der Befreiung von kirchlichen Moralvorschriften und von der sprachlichen Bevormundung durch die Real Academia Española (über) reichlich eingesetzt.

47 *Unser ewiger Don Porfirio:* Porfirio Díaz, Prototyp des paternalistischen Caudillos und Großen Vaters, war Präsident von Mexiko von 1876 bis 1910. Sein Sturz leitete die mexikanische (im Ansatz sozialistische) Revolution von 1910 bis 20 ein. Hier als Gegensatz zur Großen Mutter, zugleich der Jungfrau von Guadelupe wie der aztekischen Mutter- und Todesgöttin Coatlique, gemeint.

55 *Niño:* weibl. *Niña,* eigentlich Kind, aber auch ehrerbietige Anrede für den Sohn bzw. die Tochter des Hauses.

56 *Paläste:* überwiegend wohl Gebäude im viktorianischen Stil aus der Zeit des Diktators Porfirio Díaz; von der Fülle eleganter Stadtpalais aus kolonialspanischer Zeit, die noch Humboldt 1803 bewunderte, ist nichts geblieben.

Tezontle: Tuffstein.

59 *Palacio de Hierro*: (wörtl. *Eisenpalast*), eines der größten Warenhäuser im Zentrum Mexikos.

62 *Lupe Lupita:* beides Abkürzungen für »(Virgen de) Guadelupe«, die Nationalheilige von Mexiko, häufig als Mädchenname gebraucht, s. auch S. 19.

65 *Hurensöhne:* eigentlich *Söhne ihrer traurigen Mutter* (span. »hijos de su triste madre«), bezieht sich aber auf den vielfältig gebrauchten, unübersetzbaren Begriff »La chingada«, *die Geschändete* und zugleich

die Schändliche. Der Autor hätte auch schreiben können »hijos de la chingada«, gemeint ist letzten Endes *Marina, La Malinche,* die aztekische Prinzessin, die zur Geliebten von Cortes wurde, nachdem sie ihre Landsleute an die Spanier verraten hatte.

89 *Juan O'Donoju* (1762–1821): der letzte Vizekönig von Mexiko.

Kaiserin Charlotte (1840–1927): Tochter Leopolds I. von Belgien, Gemahlin Maximilians von Habsburg, Kaiser von Mexiko, verbrachte nach dessen Erschießung durch Benito Juárez (1867) ihr Leben in geistiger Umnachtung in einer Anstalt in Belgien.

Antonio López de Santa Anna (1794–1876): mexikanischer General und Politiker, regierte von 1853 bis 1855 Mexiko als Diktator und wurde erst von Benito Juárez verbannt.

Sebastián Lerdo de Tejada (1827–1889): folgte auf Juárez als Präsident, gestürzt von Porfirio Díaz.

96 *Monsieur Verdoux:* Film über den stets korrekt auftretenden Mörder Landru, in dem Chaplin die Hauptrolle spielte.

113 *Gobernadora-Sträucher:* Kautschuk- und harzhaltiges Steppengewächs der Trockenzone Mexikos, wird in der Volksmedizin verwendet.

116 *Agronomiepraktikant:* Zur Durchsetzung der Landreform nach der mexikanischen Revolution wurden vielfach Lehrer oder junge Absolventen der landwirtschaftlichen Hochschule aufs Land geschickt, die, wie häufig in der mexikanischen Literatur beschrieben, oftmals grausam scheiterten: an dem Widerstand

der Grundbesitzer (s. Anm. zu S. 159) wie an dem der Landbevölkerung.

120 *chinga tu madre:* s. Anm. zu S. 15 u. 65; schlimmer, aber nichtsdestoweniger häufigst gebrauchter Fluch.

140 *Zona Rosa:* elegantes Einkaufsviertel im alten Zentrum Mexikos.

144 *Güero* (das ü wird wie u gesprochen), *der Blonde:* Es handelt sich nicht um das deutsche Strohblond, sondern um einen allgemein helleren Typ, der durchaus dunkelblonde oder braune, aber keinesfalls schwarze Haare und dunklen Teint besitzt. *Güero* ist ein häufiger Bei- oder Kosename.

145 *John Dewey* (1859–1952): Vater des Behaviorismus.

Moisés Sáenz (1888–1941): mexikanischer Pädagoge, der sich für die Reintegration der Indianer in die Gesellschaft einsetzte.

147 *Licenciado:* unbestimmter akademischer Titel, ursprünglich *Lizenziat, Assessor,* nach theologischem oder juristischem Studium. Wie aus dem Unterkapitel »Pedregal« hervorgeht, schmücken sich auch durchaus unakademische Aufsteiger jedweder Richtung mit diesem Titel.

148 *Tlaquepaque:* Kunstglasfabrik bei Guadalajara; ihre Produkte tragen den gleichen Namen. Vergleichbar mit Murano-Glas.

149 *Sinarquismo:* ultrarechts und katholisch beeinflußte Bewegung der 30er Jahre, letzte größere Widerstandsbewegung gegen die Revolution; heute bedeutungslos.

155 *Caballito:* wörtl. das Pferdchen, die Reiterstatue von Carlos IV. auf der Kreuzung von Avenida Juárez und Paseo de la Reforma.

Amozoc: kleine Stadt an der Autobahn nach Puebla, seit altersher berühmt für die Herstellung von Sporen.

156 *Sperber-Brigade:* Die Erzählung verarbeitet mehrere Studentendemonstrationen aus den Jahren 1970 bis 1971, aus dem Beginn der Präsidentschaft Luis Echeverría Álvarez (1970–1976), die von den »Halcones« *(Falken)* – einer paramilitärischen Organisation rechter Prägung und geheimer Unterstützung – offenbar mit Billigung der Regierung bei teilweise blutigen Zusammenstößen unterdrückt wurden. In der Erzählung sind die *Falken* zu »gavilanes«, *Sperbern* geworden.

159 *Kazikenwesen:* der Kazike (aztekisch/span. »Cacique«) war ursprünglich der Indianerhäuptling; längst ist diese Bedeutung übertragen worden auf den durch Besitz und Persönlichkeit unumschränkt herrschenden mächtigsten Mann im Dorfe. Vergleichbar dem spanischen »Caudillo« (und »Caudillismo«).

162 *Lecumberri:* das vor einigen Jahren geschlossene Gefängnis von Mexiko-Stadt. Ersetzt heute durch den *Schwarzen Palast.*

M. B.

Carlos Fuentes

Der alte Gringo

Roman

Aus dem mexikanischen Spanisch
übertragen von Maria Bamberg

224 Seiten
Gebunden mit Schutzumschlag

„Über zwanzig Jahre hat sich Carlos Fuentes nach eigenem Bekunden mit diesem Stoff beschäftigt, und es hat sich gelohnt. Was er mit 57 Jahren abgeschlossen hat, ist ein wunderbares Buch, man darf wohl sagen: sein bestes. Wie souverän ist die Hand geworden, wie sicher der Griff, der die Geschichte vom mysteriösen Ende des amerikanischen Schriftstellers Ambrose Bierce zu einem Brennspiegel macht, worin sich die Perspektiven des eigenen Lebenswerkes überschneiden." *Frankfurter Allgemeine Zeitung*

„‚Der alte Gringo' ist, trotz aller Einwände und Vorbehalte, ein großartiges, ein farbiges, facettenreiches, spannendes und sprachlich forderndes – von Maria Bamberg hervorragend übersetztes – Buch, mit dem Carlos Fuentes seinen Rang innerhalb der lateinamerikanischen, größtenteils verblichenen ‚Boom'-Generation unterstreicht. Der Einwand, daß dieser Roman eine Vielzahl von Vorbildern und Einflüssen ahnen und erkennen läßt, tut dabei seiner genialen Eigenständigkeit kaum Abbruch." *Die Welt*

DVA